NATIONAL GEOGRAPHIC

EXPLORER ACADEMY

探險家學院

星丘大穿越

楚蒂・楚伊特 Trudi Trueit ——著
韓絜光 ——譯

Boulder Media 大石文化

獻給賈克，永遠愛你的小淘氣。
——楚蒂

探險家學院4——星丘大穿越

作　　者：楚蒂・楚伊特
翻　　譯：韓絜光
主　　編：黃正綱
資深編輯：魏靖儀
美術編輯：吳立新
行政編輯：吳怡慧

發 行 人：熊曉鴿
總 編 輯：李永適
印務經理：蔡佩欣
發行經理：曾雪琪
圖書企畫：陳俞初

出 版 者：大石國際文化有限公司
地 址：新北市汐止區新台五路一段97號14樓之10
電 話：（02）2697-1600
傳 真：（02）8797-1736
印 刷：群鋒企業有限公司

2023年（民112）9月初版三刷
定價：新臺幣 380 元／港幣 127元
本書正體中文版由National Geographic Partners, LLC 授權大石國際文化有限公司出版

ISBN：978-957-8722-95-8（平裝）
＊本書如有破損、缺頁、裝訂錯誤，請寄回本公司更換

總代理：大和書報圖書股份有限公司
地址：新北市新莊區五工五路2 號
電話：（02）8990-2588
傳真：（02）2299-7900

國家地理合股企業是國家地理學會和華特迪士尼公司合資成立的企業。結合國家地理電視頻道與其他媒體資產，包括《國家地理》雜誌、國家地理影視中心、相關媒體平臺、圖書、地圖、兒童媒體，以及附屬活動如旅遊、全球體驗、圖庫銷售、授權和電商業務等。《國家地理》雜誌以33種語言版本，在全球75個國家發行，社群媒體粉絲數居全球刊物之冠，數位與社群媒體每個月有超過3億5000萬人瀏覽。國家地理合股公司會提撥收益的部分比例，透過國家地理學會用於獎助科學、探索、保育與教育計畫。

國家圖書館出版品預行編目（CIP）資料

探險家學院4——星丘大穿越
楚蒂・楚伊特Trudi Trueit 作；韓絜光 翻譯. -- 初版. -- 臺北市：大石國際文化, 民109.8
頁；14.8 x 21.5公分
譯自：Explorer academy : The Star Dunes

ISBN 978-957-8722-95-8（平裝）

874.596　　109010620

「探險家學院」系列各界讚譽

「《探險家學院》描繪了一個建構在真實之上的虛構樂園，在這裡學生可以盡情發揮自己的才能，體驗同年齡孩子體驗不到的環境，還能交到世界各地的朋友，學校引導他們獨立思考、面對並處理問題，也教導他們關懷自然環境，這麼有趣的學校小編就算超齡了也好想去讀啊！」——**《OKAPI 閱讀生活誌》選書推薦**

「隨著故事的發展……我們會輕鬆學到各個學科的重點，以及真的會在有萬一的時候救自己一命的各種求生手段……而且在字裡行間，我們會被潛移默化的明辨可為與不可為。」——**張東君，金鼎獎科普作家**

「《探險家學院》很好地融合了科技與冒險兩大要素，塑造出一所充滿魅力的探險者的養成學院。」——**金克杰，KiM Lab 玩具實驗室創辦人**

「這是一段刺激有趣、熱血沸騰的旅程，孩子絕對喜歡。」——**J. J・亞伯拉罕，《星際大戰：原力覺醒》、《Lost 檔案》導演暨編劇**

「充滿啟發性的故事，能鼓勵新一代充滿好奇心的孩子以行動投入這個世界，發現意想不到的事物。」——**詹姆斯・卡麥隆，國家地理駐會探險家，電影導演**

「精采至極！探險家學院對讀者的情感與理智都是一場過癮的盛宴——有驚險刺激、激勵人心的旅程，有逼真的角色，有奇妙的場景，還有凶險無比的危機。就像我們只有一個地球一樣，這個系列小說也是絕無僅有的。別再猶豫，立刻加入這場令人不可自拔的冒險吧！」——**T. A・貝倫（T.A. Barron），「傳奇魔法師梅林」（Merlin Saga）系列小說作者**

「這本國家地理旗下全新子品牌的開門之作充滿了高科技冒險情節，融入了眾多關於現實世界的酷炫尖端知識，以及趣味性十足的多樣化角色，讓人讀來欲罷不能。」——**《科克斯書評》（Kirkus）**

「熱愛刺激的讀者一定會愛上克魯茲和他的好友，想要跟著他們一起踏上充滿高科技場景又驚心動魄的冒險。」——**蘿倫・塔希斯（Lauren Tarshis），《紐約時報》暢銷書「我倖存」（I Survived）系列作者**

「精采至極！探險家學院對讀者的情感與理智都是一場過癮的盛宴——有驚險刺激、激勵人心的旅程，有逼真的角色，有奇妙的場景，還有凶險無比的危機。就像我們只有一個地球一樣，這個系列小說也是絕無僅有的。別再猶豫，立刻加入這場令人不可自拔的冒險吧！」——**T. A・貝倫，《傳奇魔法師梅林》系列小說作者**

「不間斷的冒險行動，加上全彩照片與插圖，讓這本書不論對充滿探險欲還是不愛看書的小讀者都深具吸引力。扣人心弦的結尾更保證讀者肯定會敲碗催促下一集。」——**《學校圖書館學報》（School Library Journal）**

「《探險家學院》絕對能喚醒讀者內心的冒險因子和對世界的好奇心。你不一定要聽信我的話，自己看看克魯茲、呂亞米、莎樂和蘭妮的冒險就知道了！」——**里瓦・波頓（LeVar Burton），《閱讀彩虹》節目主持人**

「我敢保證，你只要走進探險家學院，就永遠不會想出來。」——**薇樂莉・崔普（Valerie Tripp），「美國女孩」（American Girl）系列共同作者**

「……這本書真正動人的力量在於書中的冒險，書中主角……破解謎團和虛擬任務……地圖、信件和謎題把探險帶入生活，附錄更一探『虛構故事背後的真實科學』……這本精彩的開門之作，帶領年輕讀者透過故事感受科學與自然的樂趣。」——**《出版人週刊》（Publisher's Weekly）**

這片土地，不是祖先留給我們，
是我們向孩子借來的。
——北美洲原住民俗諺

南緯 24.7681 度 ｜ 東經 15.2959 度

土耳其，
阿克沙來

1

一滴水落在克魯茲的額頭上，濺起細小水花。

「亞米，」他咕噥著說，感覺水珠沿太陽穴往下滾。「再讓我睡一分鐘。」

克魯茲正要睡去，這時又一顆水珠打中他的鼻梁。「好啦，好啦。」室友叫他是對的，要是上課遲到麻煩可就大了。克魯茲打了個哈欠，睫毛顫抖著，「你贏了，亞米，我起來了……」他睜開眼睛，眼前不是預料中的乳白色天花板，而是駭人的幽黑洞穴。克魯茲不覺屏住呼吸。

他想起來了。他並不在獵戶座號二〇二艙房柔軟溫暖的床鋪上。差得遠了。他現在是在土耳其阿克沙來郊外某個陰冷潮濕的地洞底下瑟縮成一團。克魯茲仰著脖子，他的頭不是陷在軟綿綿的枕頭裡，而是頂著硬梆梆的石頭。他睡著之前記得的最後一件事，是望著上方他摔下來的那個洞口，在那一小片虛空之中尋找光線，或是任何可能到來的救兵。但他只看到黑暗。現在也一樣。

「哈啾！」克魯茲打了個噴嚏，頭往前一甩，脖子感到一陣酸麻。「唉唷！」他大叫一聲，回音在耳邊回響。「唉唷……

嗡……嗡。」

克魯茲把身子挪到不會被水滴到的地方。四周到處都是骨骸，像暴風雨過後海灘上散落的漂流木。往好的方向想，現在白骨已經嚇不倒他了；剛開始和這十幾個骷髏頭對到眼的時候，他簡直魂飛魄散。為了安撫狂跳不只的心臟，他不停告訴自己沒什麼好怕的，因為要是在地面上發現這些骨頭，就算只有一小片，他都會很興奮，所以在這麼深的地方發現一大堆骨頭，應該沒理由驚慌才對吧？這個想法聽起來不錯，也說服了他的心臟乖乖待在原位。

克魯茲意識到自己摔進洞裡沒死之後，第一個反應就是伸手去摸他制服上方口袋裡的蜜蜂無人機魅兒，可以派她去飛上去求救。可惜口袋是空的，他把無人機留在獵戶座號上了。魅兒另有任務在身。幾星期前，布蘭迪絲帶他去看她在底層船艙發現的藍色密門，克魯茲命令魅兒停在門框上，錄下每個出入的人。沒多久，魅兒就錄到了耶利哥・邁爾斯的畫面，這讓克魯茲很意外，耶利哥明明是合成部的工作人員，這個最高機密實驗室在學院總部的地下室裡，他怎麼會跑到獵戶座號來？亞米說過應該不用擔心這個，因為合成部很可能是以探險家學院作為掩護，好到世界各地進行機密研究。但克魯茲還是覺得有什麼地方不對勁。

克魯茲低頭看了一眼學校配發的 OS 手環（他們喜歡叫它芝麻開門手環）上的時鐘，金色的薄型螢幕顯示是凌晨三點十二分。不會吧？他已經在這裡困了十一個鐘頭！數字不停閃爍，一定是快沒電了，手環的迷你電腦是靠太陽能發電的。克魯茲重重嘆了一口氣。到目前為止他聯絡地面的想法都行不通。

克魯茲點了點通訊別針。「克魯茲・柯羅納多呼叫瑪莉索・柯羅納多。」

姑姑沒有回應。

他再次用發麻的指尖碰了碰別針。「克魯茲呼叫盧亞米？」

依然無聲無息。克魯茲把其他的隊友都試了一遍——莎樂・約克、布蘭迪絲・約恩多特和杜根・馬許。沒人回應。

意外發生前，克魯茲正在和其他探險者一同執行考古任務。這趟任務源自他們在船上的課堂作業，當時克魯茲所屬的庫斯托隊在檢視衛星影像尋找盜掘坑時，看到屬於某個考古地點的不明輪廓。瑪莉索姑姑和魯本博士認為他們可能意外發現了一座古墓或古神廟，因此率領全體二十三名探險者到土耳其來實地探勘。克魯茲原本和隊友一起在發掘這個遺址，後來脫隊去查看一處岩石露頭，接下來的記憶就很模糊了，前一刻他還在細看洞穴裡的史前壁畫，下一刻就栽進了地洞裡。不過克魯茲算很幸運，OS手環顯示他只有輕微腦震盪和幾處小瘀青。原本有可能更慘的。萬一落地時往左偏了幾公尺，他撞上的就不是厚厚的泥土，而是堅硬的岩石了。

克魯茲猛然坐起來。不對，他掉下來之前還有別的動靜……有一陣顛簸，但不像地震或是山崩那樣從腳底下傳來的，比較像是……

推力。對。克魯茲探頭到岩縫中往下看的時候，肩胛骨中間感覺到一股推力。這麼一想，事情就開始清楚了。他的墜落不是意外，他是被推下來的！克魯茲毫不懷疑幕後主使就是涅布拉。幾星期前，他收到一張匿名紙條，警告他涅布拉的間諜打算在他滿十三歲前殺了他，搶走他媽媽的日記。只不過，日記現在還好端端地收在他外套左前胸的口袋裡。而且今天就是十一月二十九日——他的十三歲生日。

「你們連敗兩局了，涅布拉。」克魯茲對著空蕩的岩洞咆哮。「我還活著！」他的回音也跟著驕傲地宣示：「還……活……著……」

但能活多久呢？

他的生日不是打算這樣過的。本來他爸爸會打電話給他，說不定已經打過了。克魯茲很希望可以和爸爸說話。當然他也想和媽媽說話，但真能實現的只有前者。不知道爸爸會不會買了新款水翼衝浪板要送他，他說他想要那種衝浪板已經好久了，好吧，其實是哀求了好久。克魯茲獃望著囚禁他的這座石牢。想到家，感覺就像在別的星系那麼遙遠。

這全是他的錯。克魯茲沒有遵守探險最重要的兩條規則。規則一：絕不可單獨行動。規則二：務必告知隊長你要去的地方。克魯茲這兩件事都沒做到。最先向克魯茲提起這個奇特洞穴的人是魯本博士。克魯茲只能指望這位客座教授還記得這件事，帶人到洞穴來找他。機會渺茫，但卻是他僅有的機會。

克魯茲為了閃避水滴，再往旁邊挪了一點，那些水滴現在已變成細小的水流。水聲聽得他口渴了起來。他很想把嘴巴湊過去喝，但他知道不行。水裡可能有細菌、寄生蟲或化學藥劑，要是他的鋁製水壺和求生工具包有帶在身上，他就能過濾過再喝，只不過水壺連同他的手機、平板電腦和其餘裝備，全都在他背包裡。克魯茲不知道背包掉到哪裡去了——說不定在他摔進洞裡的時候，勾在某個刮到他的石頭尖角上了。

他扁扁的肚子發出咕嚕巨響。他不吃不喝可以活多久？亞米十之八九知道答案（說不定精準到連幾分鐘都知道）。克魯茲只知道大概。沒水喝的情況下，他頂多能活三到四天。四天都坐在這裡等死？謝謝，不了。

克魯茲睡著以前在井底找過逃生通道，結果一無所獲，但他當時全身疼痛又頭昏眼花，很可能漏了線索。克魯茲趴在地上，開始手腳並用沿著井壁邊緣爬行。這一次他放慢很多，一吋吋仔細探測。一定有路能逃出去。

「或者根本沒有。」他吐吐舌頭，把一顆擋路的骷髏頭輕輕滾開。

爬了大約半圈，他注意到有一堆石頭貼著圓弧的井壁往上疊，後面很可能有通道。克魯茲動手把籃球大小的石頭一個個搬開，很快就抓到節奏。彎腰、抱起來、轉身、放下。彎腰、抱起來、轉身、放下。

十分鐘後，克魯茲搬得氣喘吁吁，正打算歇口氣，才發覺他的鞋子溼了。水從挪開石頭露出的空隙滲進來。既然水進得來，那就代表……

有路出去！克魯茲加快速度，又再搬開幾個石頭，然後弓著背縮起肩膀，勉強往縫裡鑽。面前只看得到有更多石頭。這是死路。又溼又滑的一條死路。

克魯茲連忙把石頭堆回去，手忙腳亂地盡量疊緊。無奈還是阻止不了水流汩汩湧入。洞裡很快就淹滿水。克魯茲只好往高處爬。他跳上附近唯一找到的踏腳處，是一片大約一公尺高的石板。大小剛好只容一個人勉強貼壁站著。他腳跟懸空，下巴離岩壁只有幾公分。克魯茲張望四周想找一條路線，非不得已可以往上攀爬。沒多久不爬也不行了。

克魯茲找到兩個可以踏腳的石縫，但找了好久都找不到雙手能抓的地方。他站在這麼小的突石上，身體只要一往後仰就會摔下去。水濺上了他的鞋子，克魯茲把手高伸過頭，盲目地拍打岩壁。快沒時間了。克魯茲踮起腳尖，雙手到處摸索任何凸起、凹口或裂縫，隨便能抓住的東西都好。他什麼也沒摸到。水上升得很快……倏地淹上他的腳踝……他的小腿……

克魯茲仍不停摸索岩壁，粗糙的石頭磨破了手指皮膚。

有了！一個瘤突！不是很大，不過夠了。水位已經淹到他的膝蓋，克魯茲兩隻手掌攀住那個石瘤突，先抬起右腳，腳尖卡進石縫，把身體往上拉。接著抬起左腳，正準備踩上預期中的石縫，腳卻只踢到平坦的岩壁。克魯茲抬高了腳，上下左右畫了個小圈想找到石縫，卻怎樣也找不到。他的手指快抽筋了。啊啊！到底在哪裡？他的指關節漸漸無力，要是不快點找到空隙踩腳，他就要抓不住……

「哇啊啊！」

克魯茲往後栽了下去，濺起一陣巨大水花。他又回到起點了。克魯茲氣得用力拍打水面。但五秒後，他又站了起來。幸好，獵戶座號的科技實驗室主任芳瓊・奎爾思設計的制服有防水功能，但克魯茲覺得芳瓊應該沒料到，他居然得穿著制服游泳，再過不了幾分鐘，他就真得這麼做了。他拉上左前胸的口袋拉鏈，裡面放著他媽媽的投影日記，再確認右下側裝章魚彈的口袋也關緊了。謝天謝地，幸好口袋也都防水。

克魯茲接著扣上制服衣領，突然感覺有東西刮到脖子。他伸手去摸，手指摸到一個金屬環。對了！探險者的制服外套一律配備兩項危急時的救命工具：一是降落傘，他困在這裡用不到，另一個是漂浮裝置，現在絕對用得上！偏偏克魯茲不知道要怎麼替裝置充氣。他幾乎能聽到泰琳責備他：要不是你只隨便翻翻制服操作指南，現在早就知道怎麼做了。

「我知道，泰琳，我錯了……」克魯茲扯開皮帶，解下外套拉鍊，使勁從袖子裡拔出手臂，然後用力一甩把外套翻面，在衣領附近找到刻著字母 P 的小塑膠標籤，可想而知代表降落傘（parachute）。好吧，所以漂浮的標籤在哪裡？他焦急地沿縫線翻找字母 F 的標籤，到處都沒看到。克魯茲忍不住哀號：「這個笨漂浮裝置到底要怎麼啟動？」

「個人漂浮裝置啟用確認。」某處傳來女子平靜地說話聲，嚇了他一跳。是芳瓊！

「克魯茲・柯羅納多，請準備啟用個人漂浮裝置。」芳瓊說。指令從他的 OS 手環發出來！聰明。他的制服和他的個人電腦建立連線之後，只有他可以透過這個連線取用並控制他的裝備。他早該想到其他方法都不管用時，他還能借助 OS 手環向外求救。

芳瓊說的「準備啟用」是什麼意思？他才正要問，電腦程式裡的芳瓊已經發出指令：

「請將外套拉鍊、口袋與袖口完全閉合。現在開始十秒倒數程序。十……九……八……」

「等等！」克魯茲慌忙把外套披上肩膀，手臂往袖子裡塞。水慢慢淹過了他的膝蓋，匯聚成一股水流。他必須兩腳叉開，踩成馬步，才有辦法在漩渦中站直。

「六……五……」

克魯茲狠狠拉緊兩隻袖子下方的束扣，再用力一拽，拉上外套前胸的拉鍊，力量大到他覺得拉鍊一定被他扯壞了。

「二……一。」芳瓊說。「個人漂浮裝置啟動。」

克魯茲的外套下擺頓時繃緊，貼住屁股。袖口和領口也自動封緊。忽然有一股氣流往後背吹送，他忍不住打了個哆嗦。克魯茲看著袖子慢慢膨脹，兩隻手臂跟著往兩旁升高。他的胸口也在充氣。整件外套充飽氣只花了不到十五秒。他覺得自己好像一顆巨大的棉花糖。

水位還在上升……淹過他的臀部……他的肚子……他的肋骨……

水位高到胸口時，克魯茲騰空雙腳，想測試外套浮力能不能支撐他。結果可以！他漂起來了。湧入的水流一吋一吋上升，克魯茲也被帶著往上漂。順著當初把他帶到洞底的通道升上去，感覺真奇怪，但至少現在移動的方向比原來好多了。克魯茲不確定自己摔進岩洞跌了多深，他瞪大眼睛，想找他當時跌入的岩縫。

不妙，有麻煩了。水流推著克魯茲往岩壁另一側的洞口送。不行！他應該要往上，不能往下呀。他奮力踢腿，兩手拼命地划，想遠離那個洞口，但水流太強，他要被沖進去了！

水流的力量將他轉了半圈，他東倒西歪地通過洞口。水灌進他的鼻孔和喉嚨。克魯茲冒出水面連連咳嗽，一面想把水吐出來，一面大口吸氣。

等到終於又看得見了，克魯茲才意識到自己乘著急流通過一條狹窄地道。對哦！這一定是一條熔岩管。水位上升到管道高度時，他就像一隻無助的蜘蛛掉進浴缸排水口，被水流捲進通道裡了。水勢猛烈湍急，感覺就像在想像得到最狂暴的激流泛舟，只差在克魯茲自己就是那艘橡皮小舟。激流在管壁之間將他甩來甩去。

克魯茲來回撞牆，沒多久又看到危機一波未平一波又起。前方大約三十公尺處，管道分叉成兩條。水流推著他直直往兩條路中間的岩壁撞過去。他應該往哪一條路走？克魯茲用力踢右腳，右手使勁划水，急急往左邊的叉路移動。來不及了，還差一點！克魯茲抱頭準備承受撞擊，肩膀撞上石頭一角，但他成功流進左邊的岔路，幾乎同時，他感覺到水流的力量也減弱了。他慢下來了嗎？對！水位也慢慢消退。繼續順流而下前進了幾百公尺，克魯茲終於踩得到底了。他用鞋底施力減緩力道，在一片沙洲上停下來。克魯茲全身無力，只能躺在溼淋淋的碎石灘上大口喘氣。「個人漂浮裝置……關閉。」

「收到，個人漂浮裝置關閉。」他的充氣外套傳來芳瓊悶悶的聲音。空氣從衣領、袖口和衣襬的排氣孔消掉，克魯茲打了個寒顫。「警告！」芳瓊的聲音說。「生物同步手環偵測到心跳速率上升、體溫上升、熱量攝取不足、水分攝取不足、電解質失衡——」

「好好，知道了。」克魯茲咕噥著說。「OS手環，切換成讀數顯示。」

「收到。」

克魯茲不愛用語音模式，平常都把OS手環設定成讀數模式。但他剛才各種擦撞翻滾，一定不小心按到了觸控螢幕上的指令鍵。他的外套逐漸恢復原本的形狀，克魯茲翻身側躺，感覺兩條腿重得像水泥磚。手臂也是。連眼睛都隱隱作痛。

眼前的景物時而清楚，時而模糊，對不準焦距。

他瞇起眼睛。那個難道是……？

蛇！克魯茲慌忙跳起來，兩手往後伸到最長，用他殘存的力氣，施展世界紀錄級的螃蟹步在砂礫和泥巴上瘋狂後退，直到撞上洞穴的岩壁為止。克魯茲聽得見耳朵裡的血管怦怦跳動。他用顫抖的手，拉開裝著章魚彈的口袋拉鏈。噴一下就能讓一個成年人整整癱瘓十五分鐘。他希望對劇毒的大黑蛇也有效。克魯茲在掌心轉動球體，瞄準蛇的方向，那條蛇盤繞在一根雕刻石柱上蠕動……

等等。**雕刻**石柱？在洞穴裡怎麼有雕刻石柱？

「開燈，全功率。」他對OS手環輕聲下令。克魯茲知道手環就快沒電了，但這個他一定得看清楚。

手環的光逐漸照亮四周，克魯茲也跟著張大了嘴。他很幸運，那條蛇只是石柱的圖案。

就在蛇柱後方，矗立著一片斷垣殘壁組成的迷宮。是一座古城！他該不會在作夢吧？

克魯茲慢慢挺直身體，兩條腿搖搖晃晃，拖著他往那一大片看不到盡頭的建築走去，建築結構錯綜相連有如蜂巢。有幾面長方形的泥磚牆依然完好，但很多都已崩塌，克魯茲大步就能跨過。泥牆隔出的空間大小形狀多半相同。牆面用石膏抹平，表面裝飾紅黑色相間的幾何彩繪人像、花卉與動物，有鳥、熊、豹、狗和牛。其中一面牆特別吸引他的目光。齊肩的高度安著一對公牛或閹牛的粗角。克魯茲不確定是哪一種動物，但他認得這種技法。「牛頭雕飾。」他喃喃自語。

他從瑪莉索姑姑那裡學到這個專有名詞。牛頭雕飾這種藝術形式可追溯到石器時代。當時的人會在大型動物的頭骨或犄角上塗裹石膏，然後掛在家中或神廟。姑姑跟他說過，墓葬地周圍有時也會擺放牛頭雕飾，作為象徵性的保護。克魯茲只在瑪莉索姑姑以前寄給他的明信片上看過牛頭雕飾，從來沒有親眼見過。他走上前去，仔細近看那對蒼白平滑的牛角。

克魯茲繼續往前走，沒幾步就看到瓦礫堆中有東西閃閃發光。他撿起一個小雕像，不比他的手掌大。他把上面的塵土擦掉，雕像看起來像一頭鹿，但也可能是一匹馬，因為外

觀特徵本來就不明顯，又被歲月給蝕平，很難分辨。鹿身上沒有彩繪，鹿頭好奇地歪向一邊，黑色的小眼睛閃爍晶光。他猜是黑曜石。黑曜石是一種銳利的火山玻璃岩，數千年前就被用來製作各種東西，從武器、工具，到藝術品。另一隻眼睛的寶石不見了。克魯茲把小鹿雕像握在掌心，繼續小心翼翼找路穿越遺跡。迷宮外圍的洞頂下斜，壓垮了一座高聳的環狀石造建築。不論那原本是神廟或劇場，都已埋在好幾噸重的泥沙和岩石下。克魯茲只看得到幾公尺圓牆。這會不會就是克魯茲在衛星照中看到的，也是全體探險者今天之所以來到這裡的那些輪廓呢？

如果是的話，那就代表……

他成功了！克魯茲發現探險者尋找的遺跡了！他仰天高喊：「嗚呼！」聲音猶然迴盪在石室裡，他手環的光卻突然熄滅了。克魯茲再度沒入黑暗。還真是史上最短的慶祝。

好吧，他是做出了人生最重大的考古發現，但萬一他的人生也在此終結，那還有什麼意義？克魯茲頹坐在地，不發一語把小鹿立在膝蓋上，慢慢等眼睛適應黑暗。他的胃又開始求

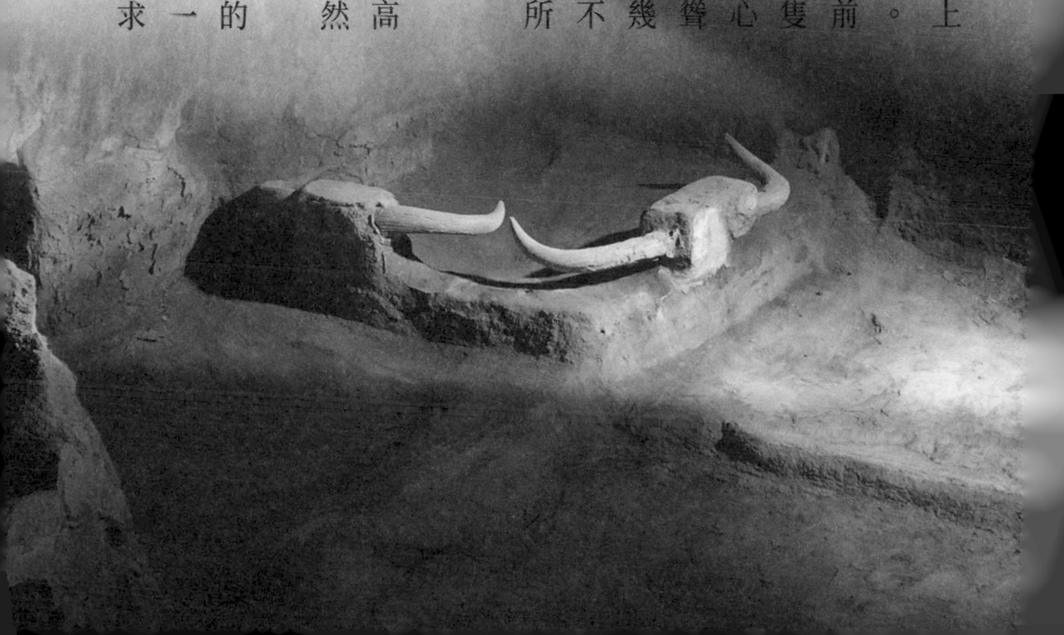

他吃東西了。他嘴唇乾裂，喉嚨燥熱。腦袋裡也好像塞了一顆棉花球，毛毛軟軟地糊成一團。

他想閉一下眼睛。一分鐘就好。

一分鐘變成兩分鐘，兩分鐘又變成三分鐘……

克魯茲聽到一陣雜音，像是電波雜訊，從他的 OS 手環傳來。

「亞……叫……羅納多。」

「亞米？」克魯茲倏然睜開眼睛。「亞米，我是克魯茲！是我，我在這裡！**我在這裡！**你聽得到嗎？」

他聽見一陣歡呼。

「聽到了！」亞米大喊。「我們想辦法要聯絡你已經好幾個鐘頭了。」

「我也是。」

「克魯茲，你有受傷嗎？」是他姑姑。

克魯茲點按 OS 手環的健康偵測鍵。

無健康狀況需要回報。

奇怪。手環先前不是說他腦震盪，右腳大拇趾有疲勞性骨折嗎？手環一定是故障了。

否則全都是他在作夢。

「沒有，我……我沒事，瑪莉索姑姑。」克魯茲說著，肚子發出飛機起飛般的轟然巨響。「好吧，可能有點餓，也累了，但其他都還好。你們是怎麼找到我的？」

「我透過 OS 手環追蹤你的位置。」亞米說。

克魯茲合十雙手。**謝謝你，OS 手環！**

「我花了好久才鎖定你。」亞米說。「你一定是到處走來走去。」

克魯茲噗哧一聲。「是啊，我是**走了一下**。」

「目前看來，你距離地面出口不到八百公尺。」亞米說。

「真的嗎？我周圍很黑，要往哪裡走才能出——」

「別動。」亞米下令。「我怕你的訊號又會不見。你待著別動。」

「我們徒步進去找你。」是杜根的聲音。

「我們有補給物資。」莎樂加進來。「我們帶了食物、水、毛毯和急救箱。你還需要別的嗎？」

「不用了。」他最需要的就是他的隊友而已。

「我會聯絡你爸。」瑪莉索姑姑。「坐著別亂跑。我們會盡快趕到。」

「好。克魯茲通話完畢。」

「克魯茲，等等！我……我們差點忘了。」亞米說。「還有一件事……」

現在又怎麼了？「怎樣？」

「生日快樂！」接著聽到同伴齊聲唱啟聖日快樂歌。

克魯茲終於露出了笑容。今天或許不如他原本計畫的生日，但絕對令他永生難忘。

2

▼聽見簡訊鈴響，索恩．普雷史考特抓起手機。怎麼會有這種事？

他急促地吸了一口氣。終於來了——他一直在等斑馬的回報。現在整件事總算結束了。涅布拉得手密碼石，克魯茲．柯羅納多也終於解決掉了。他伸出食指，在簡訊的圖示上方停住，普雷史考特不知道自己為什麼會猶豫。結束這件歹戲拖棚的爛事，不正是他想要的嗎？

那當然。

普雷史考特點了一下螢幕。

任務**失敗**。

CC 還活著。他像九命怪貓。獅子很不高興。他覺得我們可能太遲了。現在只有一個辦法可以知道。**那隻貓還能剩下幾條命？接下來的事情我會處理。**

斑馬

太誇張了。不過，你不得不佩服有的人即使毫無勝算仍不肯放棄。克魯茲有鬥士精神。普雷史考特喜歡他這一點。他自己也是個鬥士。當然，他們之間只有一個人能贏，而普雷史考特不打算輸。

普雷史考特重讀了一遍簡訊。斑馬說的「太遲了」是什麼意思？而且，斑馬沒有得到他的允許就擬定了新計畫，膽子也挺大的。太放肆了。普雷史考特才是這個行動的負責人，不是嗎？

很可能是布魯姆已經對他失去了信心。這也怪不得他，普蕾史考特確實留了個爛攤了。他錯失太多次機會——先是在夏威夷沒解決掉克魯茲，之後在華盛頓特區又失手，最後還綁架了克魯茲他爸爸。普雷史考特想不通最後這一次怎麼會搞砸，但他是行動負責人，事情出了差錯，就是他的錯。

犯錯不是他的作風，他沒那麼傻。他很久以前就學會在工作上不能感情用事，布魯姆就是這樣才信任他。奧布莉也是因為這樣才離開他。反正她值得更好的人。普雷史考特搖搖頭，把她的身影甩出腦海，眼前還有正事要辦。

他在手機裡打下短短三個字，把問題發送給斑馬：

怎麼做？

幾秒鐘後傳來了回覆。只有短短兩字：

下毒。

3

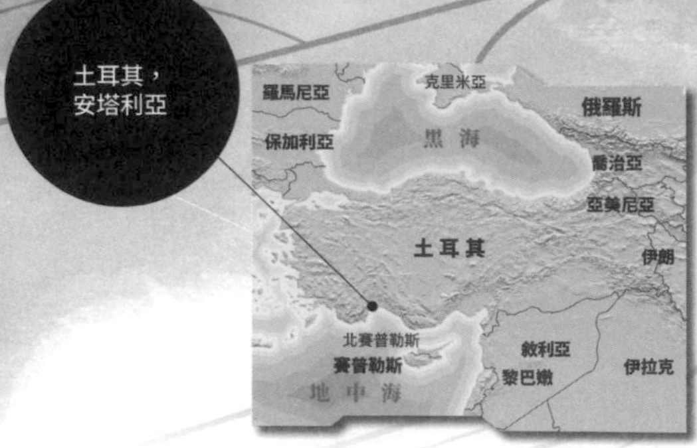

好噁。這該不會是那個吧？克魯茲低頭一看，還真的是。莎樂流了一灘口水在他肩膀上，此刻還在打呼，每次吐氣都會發出小豬似的呼嚕聲。

「莎樂。」他輕輕聳了聳肩把她搖醒。

「媽，再一分鐘。」她喃喃說著，翻身轉向車窗。

克魯茲的另一邊是杜根，他一邊睡一邊動來動去，手肘撞到克魯茲至少六、七次。在這輛自駕休旅車上，克魯茲被兩個隊友左右夾攻快四個鐘頭了，幾乎沒有休息到。最後這一個小時，他一直聽著雨刷撥開毛毛雨，發出卡咚、卡咚的單調聲響。這個車隊載著全體探險者，連同瑪莉索姑姑，正前往土耳其的港口城市安塔利亞，準備返回獵戶座號。總共三部休旅車，克魯茲和隊友坐在第一部。長而筆直的道路沿著地中海的海岸線開闢，兩旁有成排的棕櫚樹。克魯茲的視線越過前座，看著儀表板上的電腦化地圖持續顯示他們的所在位置。藍色的車子離閃爍的綠色星星愈來愈近，那顆星星就是他們的終點：碼頭。沒多久就要到了。克魯茲迫不及待想回到船上。

克魯茲發生洞穴意外之後到現在已經八天，其中七天都在挖掘那個石器時代聚落。大夥兒找到克魯茲、確認他沒事以後，馬上就動手開挖，用文字和照片記錄這座古城的眾多寶藏。他們發現了墓穴、陶器、工具、武器、首飾、繪畫和藝術品（包括更多的牛頭雕飾）。不久，瑪莉索姑姑和魯本教授就宣布挖掘結束，儘管看起來他們才勉強挖到一點皮毛而已。最後一天收工時，大家在圓形劇場附近集合，克魯茲忍不住替大家向兩位老師求情：「我們還不能走，還有很多很棒的文物一直在出土，你看！」他轉向杜根，杜根正拿著一只獸骨雕成的卵形手鐲，小心翼翼地撣掉上面的塵土。

「你們都表現得非常好。」魯本博士掃視著圍在他身邊那一張張疲憊的臉孔。「但我們該離開了。考古就是這樣，考古學家常常會因為經費、人力、時間不足等等因素，必須先暫停作業，看是日後再找時間回來，或者交給別人接手，都是很正常的情況。」

「我們或許可以安排明年再回來，」瑪莉索姑姑補充道，「可是現在，各位同學，我們必須回船上去了。請大家相信我，你們的遺址會受到妥善照顧的。魯本博士會留下來，組織一支大學聯校組成的團隊繼續發掘。」

二十三張臉一下子全轉向魯本教授。

「你真的不跟我們回獵戶座號？」菲力普問。

這位代課老師搖搖頭。「別忘了你們已經有考古學教授了。」他用下巴指了指克魯茲的姑姑，「既然她回來了，我也該繼續展開下一場冒險了。放心吧，我有預感，我會在各位的旅途中再見到各位。」

大家努力想表現出高興的樣子，但其實每個人都很失望。克魯茲很高興姑姑回來了，可是他和同學一樣，捨不得魯本教授離開。

「我還是覺得這樣不對，」莎樂埋怨地說，「為什麼要讓別人來挖**我們的**遺址。」

大家紛紛低聲附和。

「我懂。」瑪莉索姑姑同情地說。不過，克魯茲注意到她的嘴角上揚，她顯然很開心看到學生迷上考古學，像她形容的一樣「中蠱」了。

自駕車繼續沿著公路前進，克魯茲把手伸進制服正面左下方的口袋。為了感謝探險者發現遺址並展開發掘的辛勞，土耳其當局特准每個學生從古城帶走一件小文物作為留念。克魯茲的手指摸到了他的萬中之選：一隻陶鹿。他打算把鹿收在媽媽留下的水藍色紙盒裡，跟從她辦公室拿回來的其他物品放在一起。自駕車開始減速，克魯茲看到導航地圖上代表他們所在位置的汽車圖示已經抵達綠色星星。他從莎樂旁邊的車窗望出去，看到車子彎進一個路口，路牌上寫著**地中海港**。總算到了！克魯茲用手肘推推莎樂。「莎樂，醒一醒，到碼頭了。」

她打了個哈欠，開始伸懶腰。

自駕車還沒停穩，克魯茲已經伸手越過莎樂，一把推開車門。正在打第二個哈欠的莎樂差點滾出去，克魯茲趕緊拉住她。莎樂先把雙腳穩穩踩在水泥地上，再慢慢站起來。雨勢變小了，不過午後的天空仍是水泥淋溼後灰濛濛的顏色。莎樂仰天張開雙手舒展筋骨。

克魯茲匆匆爬下車，目光快速掃視停靠碼頭的一排漁船、客船和遊船。看到了！深藍色船殼，潔白發亮的甲板，迎著強勁的地中海風飄揚的黑黃色旗幟。獵戶座號！

到家了！

克魯茲搶在所有同學之前，到後車廂抓起背包和行李袋，隨即一直線衝向碼頭，像個幼童一樣在木板棧道上飛奔。他等不及見到泰琳和哈伯了。他好想念那隻小狗——

「噢，抱歉！」克魯茲在碼頭L型棧道上一個急轉彎，差點撞翻一個瘦瘦的老先生。他戴了一頂淺藍色貝雷帽，穿著破舊的牛仔外套，脖子上掛著好幾臺相機。

「Sorun Değil。」老先生說。「不要緊。你是那些來探險的學生嗎？」

「對，我要去那艘船。」克魯茲想從旁邊繞過去，但老先生跟著他動，擋住他的去路。

「是你們哪一個人發現那個石器時代文明的？」

「呃……應該算是我吧，不過是我們一起把它發掘出來的。」

男人冷不防舉起相機，對著他按下快門。

克魯茲後退一步，覺得不認識的人拍他照片讓他不太自在。這時圍在獵戶座號舷梯附近的一群成年人突然沿著碼頭棧道匆匆朝他走來。等他們走近，克魯茲才看到好幾臺相機和攝影機。是記者！這麼大一群人走在上面，棧道都晃了起來。克魯茲一邊後退一邊回頭看，果然大家還在慢條斯理地卸行李。

記者把克魯茲團團包圍，活像飢腸轆轆的海鷗圍著一包薯條。克魯茲這下進退維谷，兩邊都沒地方閃，又不能前進，而再後退一步就會掉進水裡！好幾支麥克風塞到他面前，聚光燈照得他睜不開眼。

「據說你發現了本區最古老的石器時代聚落，比加泰土丘還要古老，是真的嗎？」一位女記者問道。

「有多古老？」克魯茲還來不及回答，又有一名男子大喊。

「你今年幾歲？」另一名記者問。

克魯茲感覺到他的腳跟已經在棧道邊緣外懸空了。「我？……我十二歲，啊不，十三歲——？」

「你怎麼發現的？」

「你有帶什麼文物回來嗎？」

「你長大以後想當考古學家嗎？」

克魯茲冷汗直冒。「呃……不好意思……第一個問題是什麼？」

「喂喂，借過一下！各位讓一讓！」

看到他的舍監奮力撥開人群走過來，克魯茲鬆了史上最滿懷感激的一口氣。「泰琳！」

「好熱烈的歡迎啊！看來消息傳得比探險者回來還快。你放心，這裡交給我吧。」泰琳面向記者，舉起手制止他們發問，「考古學教授瑪莉索·柯羅納多博士再過一會兒就到了，她會回答各位的所有問題，說不定——只是說不定喔——會讓一個學生接受採訪。喂，那邊的，就是你！燈打那麼亮做什麼？」她舉起手到眼前遮光，「你是想打信號到火星嗎？」

聚光燈關了。

「謝謝。」泰琳說。

克魯茲聽見踏著木板的腳步從聲後面傳來，棧道震個不停。有泰琳主持大局，克魯茲總算有勇氣側著身子鑽過記者，去找瑪莉索姑姑和其他同學。

「這麼多人都是為了我們來的？」布蘭迪絲睜大了冰藍色的眼睛問道。

「他們聽說我們的發現了。」克魯茲說。

「水喔！要上新聞了！」莎樂興高采烈地說，一面忙著用手梳順瀏海，每個指甲上的指甲油顏色都不一樣。

克魯茲的姑姑和泰琳簡短交談了兩句，回頭問學生：「有沒有哪個探險者願意回答媒體幾個問題？」

庫斯托隊立刻開始商量。克魯茲知道最名正言順的是他，但他不希望讓人覺得是姑姑對他偏心。「應該你去回答，」他小聲對杜根說，「是你在神廟發現那些很酷的動物浮雕。」

「對，不過是你找到了那整個**古城**。」杜根說。

「可是，是你說服麥哲倫隊來土耳其的。他們贏了迷宮競賽，要不是因為你，他們一定會選擇去埃及。」

「但要不是你看出衛星照片上有奇怪的地方，我也不會去說服麥哲倫隊——」

「我可以回答，柯羅納多教授！」馬提歐放聲高喊。

「謝謝你，馬提歐。」瑪莉索姑姑示意他站到她旁邊來。「你們其他人可以登船了。」

其他探險者紛紛繞過大群記者走了，剩下庫斯托隊目瞪口呆地站在原地。

「怎麼搞的？」莎樂不知該作何反應。

「你們手腳要快，不然贏不了麥哲倫隊哦。」阿里嘲弄地說著，走了過去。

「他說得沒錯。」亞米嘀咕道，他的心情眼鏡變成泥土色的細長方形。「我們決定太久了。」

庫斯托隊無可奈何，只好摸摸鼻子抓起行李跟著其他同學回去。克魯茲拖著沉重腳步走到船邊的棧道上，抬頭看了看，看到他和亞米共用的邊間艙房外的陽臺就在那裡。啊，熟悉的獵戶座號。學院的這艘旗艦總是一樣可靠，從來不會變。好吧，是幾乎不會變。克魯茲注意到，平常停在最上層甲板的直升機不在了。

杜根帶頭走上舷梯，一路還聽得見瑪莉索姑姑的聲音，她換上授課的語氣向記者說明：「這趟冒險，是從我們幾位探險者在衛星照片上尋找盜掘坑開始的，他們敏銳地觀察到地面上有一些正圓形的輪廓，也知道自然界通常不會出現這樣的形狀。就像所有優秀的探險家一樣，他們滿懷好奇，想知道這些看似人為造成的地貌……」

「『觀察力敏銳又滿懷好奇的探險者』說的是**我們**，」莎樂咬牙切齒地說，「庫斯托隊。」

「受訪的應該是我們才對。」亞米說。

杜根走在前面，頭垂得很低，克魯茲從後面幾乎看不到他脖子上有頭。

「唉，算了啦。」克魯茲嘆了口氣，「反正八成只是地方新聞。」

兩個小時後，二十三名探險者聚在三樓交誼廳，看到笑得合不攏嘴的馬提歐出現在**全國**新聞頻道。

「在洞穴裡進行發掘工作是很困難的事，」螢幕上的馬提歐說，「要走很多路，翻越許多起伏的地形，但我們不能放棄。我想說的是，你一生有幾次機會親身發現一座歷史超過一萬年的古城？我到現在還不敢相信。」

「我才不敢相信咧。」莎樂恨恨地說，「真是的！講得好像這個遺址的發現和發掘都是他一個人的功勞。」

菲力普把電視轉臺。馬提歐這回變成一張笑嘻嘻的照片，懸在新聞主播的肩膀上方。再換個頻道，同樣又是馬提歐……

「全世界都上了頭條。」布蘭迪絲說，她正在滑平板電腦。「紐約、倫敦、東京、雪梨……」

「我們可以去吃晚餐了嗎？趁我還沒倒胃口。」杜根問。

「你要跟我們一起吃？」莎樂脫口而出。

「不行嗎？」

「你一直都是和麥哲——」

「今天不想。」杜根打斷她。

新聞播報完畢，探險者三三兩兩散去。看到馬提歐經過，克魯茲盡可能用他最誠懇的語氣說：「你講得很棒。」他不想表現得沒風度。

「謝了，」馬提歐說，「我……呃……你知道，我還說了很多別的……也提到是你們發現遺跡的，但是那一段被他們剪掉了。」

克魯茲點點頭，他的隊友也點點頭，馬提歐也點點頭。只是他的表情有點怪，好像喝到臭牛奶，或是穿了會刺的衣服，或是撒了一個漫天大謊。

「嗯……那……我先走了。」馬提歐說完，隨即小跑步離開。

「尷尬囉——」莎樂啃著小指頭的紫色指甲，刻意拉長聲調說，

「不知道平松兄弟當年是不是就是這種心情。」克魯茲一行人走向餐廳時亞米說道。

布蘭迪絲皺起鼻子。「誰？」

「一定就是。」

「哥倫布第一次航行到美洲大陸時，平松兄弟是尼那號和平塔號的船長。」杜根說，

「現在他們完全被歷史遺忘了。」

克魯茲能理解大家為什麼耿耿於懷——他自己也是，但他不想陷在這樣的情緒裡。這種事可能讓人心裡產生芥蒂，甚至影響他們的團隊表現。他們要放下才行。克魯茲轉身面向這幾個朋友，一邊倒著走一邊說：「好啦，就算馬提歐擺了我們一道，但說句公道話，最初也多虧了麥哲倫隊，我們才能去土耳其啊。我們發現了石器時代的古城，這才是最重要的——是誰的功勞並不重要，對吧？」

「對啦。」隊友沒好氣地附和，一個個冷得像死蚯蚓。

進了餐廳，克魯茲排在自助取餐的隊伍裡，皺著眉頭陷入沉思。他總覺得杜根哪裡怪怪的。以前的杜根聽到瑪莉索姑姑徵求自願者，一定會大聲爭取受訪；庫斯托隊受到不公平待遇，他也會埋怨老半天。現在的杜根好像沒了自信，心事重重，心不在焉。或許和杜根在巴塞隆納對克魯茲說的話有關，他說他可能會離開學院。那時候他只來得及說這些，或者只願意說這麼多。克魯茲後來幾次想重開話題，但都不知道該怎麼起頭。是成績的關係嗎？還是他想家了？或者是團隊問題？不論是什麼事，反正克魯茲覺得杜根準備好了自然會告訴他。

「千層麵之夜！」亞米透過人縫左右窺探排在前面的同學，隨即發出歡呼。

千層麵是亞米的最愛，他能吃上兩份三份，甚至四份。克魯茲拿起一個托盤。

「泰琳・瑟克利夫呼叫克魯茲・柯羅納多。」

克魯茲點按別針。「克魯茲收到。」

「麻煩到我的艙房報到。」

「現在？我正要——」

「是的，現在。」她聽起來沒生氣，但也不像很愉快。

「我這就去。」克魯茲把餐盤放回原位，轉身對朋友說：「晚點再回來找你們。」

去見泰琳也代表能見到哈伯。克魯茲只要有空就會去找那隻友善的西高地白㹴玩拋接球。他和哈伯之間還有一個共同的祕密：牠身上帶著克魯茲母親的配方。克魯茲目前找到的三塊密碼石，全都藏在哈伯穿的救生背心的拉鍊口袋裡。在涅布拉的步步進逼之下，克魯茲要是還像最初那樣把密碼石掛在脖子上，就太危險了。他的艙房也不安全，已經被人闖進去翻箱倒櫃過一次。雖然姑姑強烈建議他把密碼石寄放在船上的保險箱，但克魯茲就是放不下心。

他快步跑下迴旋梯，到了一樓的天井左轉往船尾走。泰琳的房間位於探險者走廊左舷的第一間。房門開了一道小縫，他敲了敲門，沒有人應門。

「泰琳？」

沒有回應。一股不安的感覺籠罩而來，泰琳不是會惡作劇的人，她既然叫他下來，就不會無故消失。克魯茲伸出手，輕輕地拍了拍門，門又多打開了幾公分，鉸鏈吱嘎作響，一股不祥的寒意從他背脊竄了上來。他不喜歡這種感覺。一點也不喜歡。

「哈伯？」克魯茲的聲音小得像老鼠叫。

沒看到小白狗蹦蹦跳跳地跑來，克魯茲遲疑地往房間裡踏了一步。接著再一步。他豎直了耳朵，但是只聽到獵戶座號低沉規律的引擎聲。他是不是應該去找保全警衛過來？

他探頭進去，小心翼翼地往房間角落張望，看到的景象嚇得他往後一跳。這怎麼可能。

不．可．能！

「蘭妮？」

4

「**想不到是我吧！**」蘭妮．基羅哈踮著腳尖跳著說。

克魯茲搖搖頭。他還在震驚。

蘭妮不是唯一的驚喜。她旁邊還站著探險家學院的校長，雷吉娜．海陶爾博士！克魯茲衝上前，給了蘭妮一個擁抱。放開她以後，腦子開始飛快地轉。她們兩個怎麼會到這裡來？

克魯茲離開家鄉哈納列、告別蘭妮進入學院就讀已經三個月了。儘管相隔遙遠，他們每幾天還是會通一次話，而且克魯茲只會在蘭妮也能用視訊電話時，才會打開媽媽的全像日記聽取新線索。也幸好他這麼做，因為在找到目前這三塊密碼石的過程中，蘭妮都幫了很大的忙，而且他爸爸被涅布拉綁架之後，也是蘭妮解開了爸爸留下的線索。然後是海陶爾博士。自從兩個月前，獵戶座號從美國東岸啟航以來，克魯茲就沒再見過她。不過，他確實記得泰琳跟他說過，學院的船艦出海時，海陶爾博士會不時登船查看探險者的情況。只是這樣而已嗎？純探望？還是有別的事？

克魯茲忽然冒出一個可怕的念頭。「是不是我爸？」他倒退一步，「是不是出了什麼——」

「不是，不是！」蘭妮連忙喊道，「你爸沒事。一切都很好。其實呢，不是很好而已，是太棒了！」她笑得露出一排閃亮的白牙，「我要加入探險家學院了！」

克魯茲下巴掉了下來。「不會吧！」

「是真的！」

「怎麼會……為什麼……什麼時候……？」他結結巴巴地問。

「原因很簡單。」海陶爾博士開口了，「蘭妮是我們的備取第一名。」

「真的嗎？」克魯茲驚訝地抽了一口氣。「我不知道竟然有備取名額。」

「我也不知道。」蘭妮用手指撥弄著一綹銀色頭髮；她留著長及下巴的栗棕色短髮，自己把一小束頭髮染成了銀色。

「我們知道只差一點就能入選的感覺可能是很教人失望的。」海陶爾博士說，「所以學校有規定，不得向任何人透露備取名單。我們認為這樣做比較合乎人情，也不用應付某些鍥而不捨的家長，家長出發點是好的，只是他們不了解我們為什麼不能——」

「再多收一**個**學生。」另一個人的聲音從克魯茲背後傳來。

泰琳站在門口，哈伯在她腳邊，用一條紅色牽繩繫著。小狗一看到克魯茲，尾巴立刻

用三倍速度搖了起來。泰琳低下頭看看牠。「看來有人等你很久囉。」她彎腰解開牽繩的扣環，哈伯馬上撲向克魯茲，克魯茲也跪下來，讓小狗跳進他懷裡。他把頭埋進哈伯柔軟的捲毛裡，聞到了草莓香味的洗髮精再加上培根的味道。

「所以克魯茲，你贊成我們招收這位新同學嗎？」泰琳逗他說。

「那還用說。」克魯茲的臉從哈伯頭上抬起來。「這裡太適合她了，她早就該來了。」

「希望我跟得上大家。」蘭妮咬了咬嘴唇。

「要不是對你有百分之百的信心，我也不會問你。你一定應付得來。」海陶爾博士說。「我只後悔沒有更早發出邀請。從我批准你要遞補的那個學生離校到現在，也有一段時間了……」

克魯茲假裝忙著把哈伯的黃色救生背心拉正。海陶爾博士指的是朗蕭・麥基崔克，他因為作弊被退學。

「蘭妮，我猶豫過該不該向你發出邀請。」海陶爾博士解釋說。「原本我擔心你比別人晚起步，卻得應付相同的挑戰，會不會對你要求太高。」博士揚起下巴。「結果你讓我改變了想法。」

蘭妮一手按住胸口。「我嗎？」

「你在救援克魯茲的父親時展現的膽識和智謀，不是普通人做得到的。你正是探險家學院要找的人——應該說，我們就是需要你這樣的人。所以我決定一天都不能再拖，必須立刻給你機會加入我們。」

蘭妮露出羞赧的微笑。

「在課業方面呢，」海陶爾博士說，「你不必補交先前的作業，不過有一些教材你要先讀完才能跟上進度，另外你也要找勒格宏先生完成一些量身設計的求生訓練。這是為了你的安全著想。話雖如此，我相信所有教職員都會盡一切所能確保你銜接順利。」

「我也會幫忙。」克魯茲說。他剛說完，就緊張地想到一件事。「泰琳，她會遞補朗蕭在庫斯托隊的位置對吧？你不會這個時候調換隊員吧？」

他的導師用紅指甲輕輕點著下巴，假裝思索了幾秒鐘才嘻嘻一笑，不再賣關子折磨他。「蘭妮已經分配到庫斯托隊了，沒道理在學期過了一半時候重新分組。」

「呼！」克魯茲作勢抹掉額頭上的冷汗。

「好啦，現在請你們給我和蘭妮幾分鐘，」泰琳說，「我們有一些新生注意事項要交代。」

「當然。」海陶爾博士說著向蘭妮伸出一隻手，「恭喜你！Fortes fortuna adiuvat。」

「命運眷顧勇者。」蘭妮翻譯出那句拉丁文，聲音激動哽咽。「謝謝你。」

克魯茲放開小狗站起來。「等你講完我們可以和哈伯玩嗎？」

「沒問題，我們不會太久。」

克魯茲是**真的**想和哈伯玩，但是他也得從哈伯的背心裡拿回第三塊密碼石。克魯茲必須把大理石碎片拿給媽媽的全像投影看，等她確認是原件之後才能進入下一條線索。克魯茲咧嘴對蘭妮一笑，隨即跟著海陶爾博士退到走廊上。泰琳關上門，校長看了看四周，確定沒人之後才低聲說：「事情進展得怎麼樣？」

「我們在佩特拉找到第三塊密碼石了。」克魯茲也壓低了聲音說。

「太好了。」她仔細打量他的表情，「那你怎麼看起來還這麼煩惱？」

「我？我……我沒有煩惱啊。」克魯茲不想告訴海陶爾博士，他最近兩度和死神擦身而過。先是在約旦的佩特拉古城差點被落石砸死，幸好有一個像遊客的女孩，在緊要關頭撲過來把他推開。那是意外嗎？可能吧。但後來又發生洞穴事件，這就肯定不是意外了。

校長用手梳了梳她頭上鮮奶油色的平頭短髮。「克魯茲，或許你該考慮其他選項了。」

他不懂。「其他選項？」

「休息一下。」

「你希望我不要繼續找密碼石！」

「就一陣子。我怕現在情勢太危險——」

「不行。」他不是故意要這麼兇，但他現在絕不想放慢腳步，一秒都不想耽擱。這是一場賽跑——他和涅布拉在比賽誰先找齊媽媽的配方。「我不會有事的，海陶爾博士。有這麼多人在幫我：保全警衛、姑姑、莎樂、亞米，現在蘭妮也來了。我簡直有一支軍隊了。」

「就是這樣我才擔心。不只是你有危險，還有那麼多人被牽涉進來，而他們根本不知道涅布拉會做出——」

他們聽見探險者走廊的另一頭有人開門的聲音，接著是說話聲。

校長低下頭。「如果你不計代價都要贏，有一天你可能會發現，你要付出的代價比你想像的還要高。」

克魯茲點頭。

她退開幾步，說道：「後會有期，探險者。」

「再見，海陶爾博士。」克魯茲看著校長奶油色短大衣撐起的方正肩膀，目送她踏著一貫俐落、堅定的步伐走遠。她走進天井，轉身上了大迴旋梯，大概是要去直升機坪。克魯茲默默希望她待久一點。海陶爾博士在的時候，他總是覺得比較安全。

泰琳的房門開了，蘭妮站在門口，手上抓著學院新配發的平板電腦，左手翻過來翻過去，仔細端詳她手腕上的OS手環。深褐色的眼睛透出惶恐的神色，興奮中帶著惶恐。克魯茲入學第一天也有過相同的心情。

「謝謝你，瑟克利夫小姐。」蘭妮說。

一頭棕髮從她背後探出來。「叫我泰琳就好。我會在就寢時間之前把你的制服和用具拿過去。還有，你確定不介意沒有室友？另外的十二個女生已經是固定的兩人一間，但我可以暫時調一個人去陪你，直到你適應新環境為止。」

「沒關係，真的。」蘭妮說，「我有四個兄弟姊妹，所以獨處是我求之不得的事，更何況——」她嘻皮笑臉地看了一眼克魯茲，「我在這裡又不是誰都不認識。」

「好吧。」泰琳說，「要是你寂寞了或是想家了——」

「我會習慣的。」蘭妮舉起一隻手像在發誓。

「她不會有事的，泰琳。」克魯茲說，「庫斯托隊會擔保她沒事。」

「庫斯托隊。」蘭妮複誦了一遍，「真不敢相信。我夢想加入學院想了這麼久，看到你離開去受訓之後，我怎麼也想不到我還有機會……」

克魯茲當然知道，蘭妮沒有被學院選上時心情是很失落的。但他並不知道她實際上有多難過。這件事對她的重要性不亞於對他的意義，然而她依然義無反顧地支持他的成就，甚至煞費苦心地為他做了魅兒的遙控器，和他母親日記的保護套。蘭妮不想破壞他的快樂，所以把自己的失望隱藏得很好。克魯茲說出幾個月前就該對他最好的朋友說的話：「對不起。」

「我知道。」她淚眼迷濛地說，「重要的是現在我來了。」

泰琳從蘭妮的肩膀後面對克魯茲點點頭。「你想說嗎？」

「不。」克魯茲哽咽著強忍住激動，「這應該由你來說。」

蘭妮轉頭面向泰琳。「說什麼？」

泰琳雙手合十，露出大大的笑容。「歡迎來到學院。」

不到一個鐘頭，有新人加入探險家學院的消息就傳遍了全船，其他探險者開始輪番湧入二一四號艙房想認識新同學。他們輪番自我介紹：詹恩、阿里、馬提歐、孫濤、卡特、尤莉雅、菲力普、昆多、米夏、威瑟麗、席莉絲汀、肯多、費咪、亞米、杜根、布蘭迪絲……

克魯茲站在蘭妮房間最裡面的一角，若無其事地靠著陽臺拉門。他和蘭妮決定不對外透露他們入學以前就是朋友，克魯茲仔細推想過，認為這是為蘭妮好。除了海陶爾博士的話一直在他心裡揮之不去以外，克魯茲還有另一個理由必須隱瞞兩人的關係，這個理由他連跟蘭妮都沒有說，那就是他不希望任何人，尤其是杜根，覺得蘭妮是仗著和瑪莉索姑姑或他的關係才錄取的。蘭妮能進來憑的是自己的實力。走去蘭妮房間的路上，克魯茲把這個想法告訴了他的室友亞米，亞米答應會保密。

「我是布蘭迪絲……來自冰島。」淡金色頭髮的女孩在面向蘭妮的一張厚墊椅上坐下來，蘭妮坐在自己床上。「我也是庫斯托隊的。」

「很高興認識你。」蘭妮說。她腳踝交叉坐著，腳上穿著她最愛的紅粉雙色扶桑花圖案的襪子。

「基羅哈，是不是夏威夷語？」布蘭迪絲問，「你是夏威夷人嗎？」

「是，你兩個都說對了。」蘭妮說。

「杜根・馬許。」他們的另一個隊員搔著頭頂的短髮，慢條斯理地說。「我還沒聽過有人在開學**以後**才加入學院的。」

蘭妮沒上當。她聳了個肩，像是在說她也和大家一樣困惑。

杜根依然狐疑地打量著她。「你該不會有親戚在學院教書吧？」

「沒有。」蘭妮說，「你有嗎？」

克魯茲咬住嘴唇，免得嘴角上揚。

「站在那邊的克魯茲也是夏威夷來的。」布蘭迪絲說。

「哦？是嗎？」蘭妮歪過頭，偷偷在只有克魯茲看得見的角度對他眨了眨眼。

莎樂雀躍地跳進房間。「蘭妮！」

「唔……嗨……」蘭妮用高八度的聲音回答，臉紅了起來。她望向克魯茲發出求救訊號，這時蘭妮已經跳上床，張開雙手用力抱住她。

克魯茲臉上的肌肉抽搐了一下。糟糕，他只跟亞米說了蘭妮的情況，忘了還有莎樂。

「呃……很高興認識你。」蘭妮一邊說，一邊輕輕地掙脫莎樂令人窒息的擁抱。「你是……？」

「是我呀——莎樂！」

「嗨……莎樂。」蘭妮說道，看著莎樂的眼睛緩緩點頭。「我剛剛才認識你的……我們的隊員，布蘭迪絲、亞米、杜根和克魯茲。我**剛剛**才認識他們。」

莎樂皺起眉頭，想搞清楚現在是什麼狀況。「好……喔……」她跟著蘭妮的節奏也上下點起頭來。

「喂，各位探險者，」泰琳忽然把頭探進房間裡，「給新同學一點空間喘口氣吧？我剛才看過課表，你們明天一整天都有課。走吧，大家回去了……」

所有人魚貫走出蘭妮的房間。亞米、莎樂和克魯茲沿著走廊走回二〇二號艙房的路上，克魯茲低聲告訴莎樂，蘭妮和他不打算向別人提起他們在入學以前就是朋友。

「很聰明。」莎樂咬著她塗了鈷藍色亮片指甲油的食指說，「但拜託下一次在我出糗**之前**先告訴我，可以嗎？」

「遵命。」

「所以，」她用氣音說道，「我們什麼時候要打開日記聽下一道線索？」

克魯茲對著房門邊裝設的感應器舉起手環。他們聽見門鎖喀搭一聲彈開。「現在。」

「可是蘭妮——」

「就在後面。」克魯茲說著朝走廊撇了撇頭，穿著扶桑花襪子的女生正朝他們快步走

來。

幾分鐘後，四名探險者已經圍坐在亞米和克魯茲房間裡的小桌子旁，看著摺紙日記變形成立體的多角球體。每次這個電腦化的變形過程一展開，克魯茲都驚訝不已，不管看過幾次都一樣。他知道這背後有一個完全合理的科學解釋，但因為他還不了解變形的機制，所以總覺得有點像……

魔法。這樣想或許很傻，但有一小部分的他希望永遠保有這種感覺。

克魯茲看著蘭妮。她是第一次現場目睹變形過程。

「哇，」她讚嘆地說，「太厲害了。」

「先別急，」亞米小聲地說，「好戲還在後面。」

克魯茲母親的立體投影出現的那一瞬間，蘭妮睜大的眼睛又瞪得更圓了。克魯茲從口袋掏出他一個鐘頭前才從哈伯的救生背心裡拿回來的第三塊密碼石。他把這塊三角形的黑色大理石片放在手心，伸向媽媽。她低頭檢視，好幾綹金色的長捲髮也向前滑落。他媽媽如果是真人，或者就算是洞穴虛擬實境的人物，克魯茲就能感覺到她的頭髮掃過他的皮膚，但投影就不行了，那些頭髮直接穿透了他的指尖。

佩特拉・柯羅納多直起身子。「做得很好。這是原件。」

莎樂和亞米互相擊掌。

「太好了！」蘭妮也碰拳慶祝。

克魯茲頭往後一仰，鬆了口氣。通過鑑定是這整個過程最困難的步驟。萬一他媽媽看了以後說石片是假的，他們就等於走進了死胡同。

「你解鎖了新的線索。」他媽媽說，「破解這個密語，你就會知道該去哪裡。」

幾排透明的立體方格慢慢浮現在克魯茲和他媽媽中間，飄浮在他的視線高度，像海邊平靜的浪一樣緩緩起伏。每個方格的高度和寬度大約都是三十公分，裡頭各有一個數字。方格大部分是無色的，只有幾個有鮮豔的顏色，有色的方格會依序從行列中往前滑出來再滑回去，同時克魯茲聽得到背景有像鳥叫的聲音。克魯茲知道他記不住這麼多細節，連忙抓起平板電腦開始錄。幸好，方格的移動方式又重複了第二遍。

「有兩個八和兩個十一。」蘭妮首先開口。

「數字最大只到二十六。」亞米說，眼鏡變成萊姆綠色的三角形。

是字母密碼！

「你見過它成千上萬遍。」他媽媽證實了猜想。「就和彩虹一樣熟悉。聽我一句忠告：運用你的所有感官。祝你好運，小克。」

克魯茲看著波浪起伏的方格隨著媽媽的身影消失在眼前，一陣酸楚在胸口擴散開來。他錯了。驗證密碼石的真偽，壓力是很大沒錯。但看著媽媽的笑容消散在空氣裡？

那才是最難的事。

5

午夜十二點零三分，獵戶座號緩緩駛離碼頭。克魯茲清楚知道船是幾點幾分離開地中海港的，因為他還沒睡。他坐在床上，房裡唯一的光源是靠在他膝蓋上的平板電腦。以前他連破解不了姑姑用明信片寄來的趣味謎題都會睡不著，何況是這個。

乍看之下，媽媽的密碼好像很簡單——只要把每個數字換成對應的字母就好：一是A、二是B、三是C，依此類推。因為只有彩色方格會往他們移動，亞米、蘭妮和莎樂一致認為應該把重點放在彩色方格裡的數字。

「克魯茲，我們看看你錄的影片。」亞米提議。

「你們喊出數字，我換成對應的字母。」莎樂說。

克魯茲按下播放鍵，小鳥又鳴叫了起來。「第一格是紅二十五，第二格是綠八，再來是紫十一。」接下來依序是黃二十六、橘十一、淺藍二十四，最後是深藍八——總共七個格子。大家靜待莎樂解出文字訊息，但她搞了老半天沒下文。

「怎麼樣？」克魯茲催促道，「拼出來是什麼？」

「什麼都不是。」莎樂冷冷地說。她把自己的電腦遞給他。

只有一串亂碼：YHKZKXH。

「應該要**有什麼**才對，」亞米說，「某個人還是某個地方……」

蘭妮撥弄著髮尾。「你是在開玩笑吧。」

「我沒有。」亞米認真地說。

「不是啦」蘭妮笑了出來，「我是說 YHK，可能是『你是在開玩笑吧』的縮寫。」

「哦。」

他們又腦力激盪了一個鐘頭，還是沒想出有什麼句子可以按照順序包含密碼裡的所有字母——連一半的字母都沒辦法。最後大家說好各自回去再想一想，想到什麼就聯絡克魯茲。

克魯茲調整一下枕頭，順勢看向隔壁床上的亞米，只見室友已經埋著臉睡死了，一隻手懸在床墊外。至少還有人睡得著。

YHKZKXH 是亂碼嗎？他是不是應該重新排列看看？方格就是照這個順序滑出來的，但說不定他媽媽是故意打亂密碼。話雖如此，這幾個字母都是子音，不論再怎麼重組也拼不出單字。他媽媽說，這個東西他見過成千上萬遍。就算是這樣好了，他一點也想不起來什麼時候在哪裡見過。克魯茲乾瞪著螢幕，直到所有字母像冰淇淋聖代一樣融成一團。他真的想不出來，至少今晚沒辦法。克魯茲關掉電腦，鑽進被窩。他努力想入睡，但就連在夢裡密碼還是纏著他不放。那些字母和數字長出細細的腿，在克魯茲周圍跳舞，他每次伸手去抓，它們就從指縫間溜走。

「也許我們想錯方向了。」隔天早上亞米說。他們正和蘭妮一起走去教室。「如果那些數字不代表字母，純粹只是數字呢？」

克魯茲打了個哈欠。「你是說像郵遞區號？」

「或是地理座標。」

「或是保險箱密碼。」蘭妮也提出猜測。

「那不就什麼都有可能。」克魯茲無力地說。

「繼續想。」蘭妮說，「我們愈來愈接近了。」

克魯茲也希望是這樣。他不知道現在船往哪裡開，但每多花一分鐘破解線索，他們可能就往錯誤的方向多航行了一分鐘。

平常上課時，克魯茲多半坐在亞米和莎樂中間。但今天走進海象教室，他發現莎樂往隔壁挪了一個位子，讓蘭妮坐他旁邊。他在蘭妮後面彎下身子拍拍莎樂的肩膀，用嘴形對她說：「謝啦。」

莎樂豎起橘色指甲的大拇指。

布蘭迪絲和杜根坐在他們前面那排的老位子。布蘭迪絲轉身對蘭妮和克魯茲揮了揮手，他們也揮手打招呼。

克魯茲刻意不想盯著蘭妮看，但還是忍不住。她穿新制服的樣子很好看，且頭髮好像特別閃亮，彷彿特地梳過好幾遍。克魯茲仍然不敢相信他最好的朋友就在獵戶座號上。她真的**來了！**

蘭妮注意到他在看。「怎麼了？我的 GPS 別針戴錯邊了嗎？不會吧……還是我的外套才第一天上課就弄髒了？我吃鬆餅的時候就在想是不是不該淋糖漿——」

「沒事。」他拍拍她的手臂，「你整個人都很好。」

「早安，各位探險者！」蓋比埃博士一陣風似地走進教室，蜘蛛般的長腿邁著大步，禿頭在明亮的燈光下閃閃發光。希橘兒・范德威克博士緊跟在他後面進來，她是科技實驗室主任芳瓊・奎爾思的研究助理。范德威克博士抱著一個黑色盒子，大約是兩個磚頭疊在一起的大小。兩人走向講臺，亞米興奮地頂了頂克魯茲的手肘。又有酷炫的新道具可以用了！

范德威克博士把黑盒子放上講桌，後退一步，雙手整齊地交疊在身前。她金棕色的長髮一如往常盤成扭結麵包狀的髮髻，潔白的實驗袍裡面穿著一件白色棉質上衣和海軍藍色的及膝裙。不過她今天不像平常穿著白色護士鞋，而是一雙紅玫瑰圖案的平底帆布鞋——挺花俏的，克魯茲心想，因為這位科學家平常穿的衣服很少超過三種顏色，而且向來沒有任何圖案，也許長久相處下開始受到上司芳瓊的影響了。

「開始上課之前，」蓋比埃教授說，「我要先歡迎一位新進的探險者，來自夏威夷的蘭妮・基羅哈。阿囉哈，基羅哈小姐！」

大家紛紛鼓掌。

「Mahalo nui loa la'oe。」蘭妮回答。

「非常感謝你。」大家的語言翻譯器齊聲說道。

全班哄堂大笑，蘭妮發現是她用夏威夷語回答的句子觸發了自動翻譯器，臉立刻紅得像顆櫻桃。

「一兩個字還沒關係。」克魯茲低聲告訴她。「但是太長的話，翻譯器就可能會自動開始翻譯，除非事先關掉。」

「知道了。」

「各位同學，」教授接著講下去，「你們一定都已經看過窗外，注意到獵戶座號啟航了。各位想必都在猜我們要去哪裡吧？」

「南方。」亞米搶先發言，「我們正在往南航行。」

「很好，盧同學。」教授說。

燈光暗了下來，這時地球的全像投影出現，飄浮在教授旁邊。蓋比埃教授大手一揮，把影像放大，拉近到非洲東北部與中東一帶的區域。一條紅線從土耳其南部延伸出去，穿越地中海，把埃及與蘇丹和沙烏地阿拉伯半島分隔開來。「這是我們的航線，」教授說，「我們會通過蘇伊士運河進入紅海，繞過非洲之角，再沿著索馬利亞東部海岸南下，前往下一個目的地……」

座位上的二十四名探險者身體都專注地向前傾。

「坦尚尼亞！」

教室瞬間歡聲雷動。

「我們一定會去爬吉力馬札羅山。」莎樂說。

布蘭迪絲興奮不已：「我一直很想去看賽倫蓋蒂平原。」

克魯茲和亞米互看一眼，同時破口大喊：「牛羚！」他們想到開學典禮那天排山倒海而來、把他們嚇得半死的投影動物。

投影地圖消失，被一張照片取代。圖上是一隻外型奇特的動物——有點像犰狳與巨大松果的合體。體型比家貓大了一些，有圓錐形的頭、尖尖的長吻和小小的黑眼睛，全身覆蓋了圓盤狀層層交疊的褐色鱗甲，從頭部一路延伸到扁平的長尾巴末端。那隻動物正在舔食相機正下方一截樹樁上的螞蟻，那條粉紅色的細長舌頭起碼有三十公分長！

「穿山甲。」昆多讚嘆地說。

「不錯。」蓋比埃教授說，「穿山甲雖然吃螞蟻和白蟻，但不是食蟻獸科，也不是爬蟲類動物，而是哺乳動物。牠是目前所知唯一一種有保護性鱗甲的哺乳動物。」教授回頭看著那隻穿山甲。「這位仁兄在享用大餐的時候觸動了快門，替自己拍下這張照片。拍得還不錯吧？這套技術叫做相機陷阱，科學家透過相機陷阱拍到的照片或是影片，對野生動物得到了很多新的了解。像這樣的監視設備能讓我們看到很多事情，包括動物的行為、遷徙的模式，乃至於特定區域中棲息了哪些物種等等。有時候科學家還會發現一些動物是原本以為那裡沒有的，甚至發現新的物種！」

「相機陷阱一般是靠動態或紅外線感應器來觸動，」燈光亮起，蓋比埃教授繼續說道，「雖然很有用，但也有缺點。因為相機是固定不動的，所以只能拍到或是錄到鏡頭正前方的畫面；快門可能會太晚啟動，也可能沒有配合環境亮度調整曝光，或者自動對焦不夠快，只拍到模糊的照片。另外極端天氣也會使機器故障。而且相機必須安裝在容易抵達的地點，研究人員才能去換電池或是做維修。好在這些缺點很多都能靠新科技來解決。范德威克博士？」

科技實驗室主任助理上前走到盒子邊，掀開盒蓋拿出一個裝置，看起來像一塊圓形透明的鬆餅。她把裝置放在桌上，再伸手到盒子裡拿出一個遙控器。

克魯茲的肩膀垮了下來，他還以為會是更令人興奮的東西。亞米的表情讓克魯茲知道他也有同感。蓋比埃教授環顧教室，欣賞大家的表情。「別急，」他語帶玄機地說，「我們才正要開始。」

范德威克博士按了遙控器的幾個按鈕，那塊像水母的圓餅漸漸變成草綠色，一邊抽長、變大、起皺，活像某種外星來的軟體動物。

很好！這才像話嘛！

短短幾分鐘，圓餅已經變形成一群扁平的、有脊狀隆起的圓盤。

「它在幹嘛？」坐在教室後面的威瑟麗拉高了嗓子問。

「長葉子。」最前排的菲力普回答。

帶有細絨毛的葉片之間又冒出十多根粉紅色的細莖。莖生長了幾公分之後，末端蜷曲起來，露出橢圓形的花苞。整個過程就像在看縮時攝影的自然紀錄片，只不過這是真實發生在眼前的事！十多個花苞一齊綻放，開出一團團金黃色花蕊的紫花。

「非洲堇！」布蘭迪絲喊道。

「當然這不是真花，」范德威克博士說，「這是日動機器人，『日光軟質機動觀測機器人』的簡稱。」博士伸手到那叢植物底下把它托起來，轉身走向學生，讓大家看個仔細。

「矽膠軟殼內有數十個微太陽能馬達，我們可以寫入程式，讓機器人模擬幾乎任何一種植物，從仙人掌到香蒲草都不是問題。而且這個機器人能耐受極端高溫和低溫、防水、抗病

蟲害，也禁得起大部分動物的抓咬攻擊。內部裝有一臺先進的攝影機，能在幾秒鐘內把照片或影片回傳給遠方基地站內的研究人員。」

「想想看如果能連續追蹤一隻穿山甲幾個月，甚至幾年，我們能學到多少事情。」蓋比埃教授說。

「日動機器人有好幾排靈活的附足，能形成規律的波浪狀動作以仿生方式移動，跟蚯蚓爬行的樣子很像。」范德威克博士把非洲堇翻過來，給大家看底下一排一排像吸盤的小圓圈。「幾乎任何地形都難不倒它——攀爬陡坡、穿越鬆軟的沙漠，甚至在水底行走。而且所有維修作業都可以遠距進行，所以能用它來深入地球最偏遠極端的地帶，例如南極或撒哈拉沙漠。」

杜根舉手：「萬一有動物想吃它呢？」

「很遺憾，我們的確有幾部最早期的原型機被野生動物吃了。」范德威克博士說，「所以現在我們會讓機器人模擬當地原生的有毒植物，動物自然會敬而遠之。」

蓋比埃教授搓搓雙手。「各位探險者，接下來就是你們的任務了。抵達肯亞蒙巴沙港之後，我們要協助在坦尚尼亞的塞倫蓋蒂平原部署第一批日動機器人，任務名稱就叫『動物自拍行動』。」

十幾隻手舉得高高的，每個人都有問題想問。

「日後我們還有很多時間可以說明細節。」教授要大家放心，「現在，我要先讓各位

了解目前的危急狀況。穿山甲這種夜行性動物不只是唯一有鱗甲的哺乳動物，牠還有一項很不幸的特點——你們聽了恐怕會很難過，牠是全球非法交易最嚴重的哺乳動物。在非洲和亞洲，每年都有數以萬計的穿山甲遭人盜獵，為的是取得牠的肉和美麗的鱗甲。有些國家的人會用穿山甲鱗片來製作服飾，或是當作傳統藥材，有人相信這種鱗片能治療氣喘、癌症以及各式各樣的疾病，儘管科學研究已經再三證明這是不實說法。鱗片的成分就只是角蛋白而已，和我們的頭髮、指甲沒什麼兩樣。」蓋比埃教授向他們走了幾步，十指交扣，雙手上下擺動，每當他有重要的話要說，就會做出這個動作。「穿山甲在圈養環境下不易生存，所以假如不能拯救野外的穿山甲族群，又沒辦法減少或阻止非法交易的話，我們就會失去這種獨特的動物。」

燈光再度暗下來，全班看了一支關於盜獵穿山甲的立體投影短片。旁白說明為了取得穿山甲的肉和鱗片，每年有超過一百萬隻穿山甲被屠殺——占所有非法野生動物交易的兩成之多。探險者看到亞洲的主管當局在一處骯髒的鐵皮倉庫裡破獲了數千隻穿山甲的屍體，每一隻都把自己捲成一顆球，穿山甲在害怕或想保護自己的時候才會做出這個姿勢。看了令人心碎。

克魯茲感覺胃揪成一團，他注意到阿里、布蘭迪絲和其他一些同學已經別過了頭不敢看。克魯茲也很想這麼做，但他沒有。你要是不去看，就很容易說服自己沒有這樣的事。不過影片播完的時候克魯茲還是鬆了一口氣。

紀錄片播畢，好一陣子沒人說話。要思考、感受的事情太多了。

「接下來的作業，就請你們針對一種瀕危的非洲動物研擬保育計畫。」教授終於開口，「仔細考慮你必須處理的問題有哪些，是盜獵、棲地喪失、氣候變遷，還是食物來源匱乏。社會的態度和傳統又怎麼看待這些問題？請選擇三種主要的威脅，然後探討能用什麼方法克服這些難題。誰知道呢？說不定你們之中真的有人能想出拯救瀕危動物的方法。完整的作業說明可以上課程網頁……」

克魯茲的平板電腦左下角跳出一隻紅色蜜蜂——是魅兒發出的警示訊息！她在B層中板的密門附近拍到新的影像。可惜，蓋比埃教授正往克魯茲這個方向看，他沒辦法馬上把訊息點開。

下課後，所有同學魚貫走出教室，克魯茲故意落在最後。離第二節課還有十分鐘，等大家走光以後，克魯茲點開訊息圖示，他以為會看見耶利哥・邁爾斯，沒想到魅兒錄到了其他人的影像。影片中是一個黑髮女子，看起來比瑪莉索姑姑年輕幾歲，她的黑色直髮用珍珠髮夾向後收攏，露出兩只金圈耳環。她穿著淡粉紅色襯衫，外面套著顏色較深的粉紅毛衣，搭配牛仔褲和網球鞋。沒有名牌，也沒有穿實驗衣。

神祕女子不是他目前唯一的麻煩事。魅兒最近一次的系統診斷顯示她的右前翅故障。

克魯茲輸入訊息，問魅兒只用三片翅膀能不能飛回艙房。等她回覆**確認可以**，克魯茲點了點蜂巢形狀的遙控別針。「魅兒，返回二〇二號艙房。飛到我書桌上以後關機。」他按下螢幕上的直播鍵，透過魅兒的圓形鏡頭看到她眼中的世界，只見她在密密麻麻的走廊迷宮中左右穿梭，飛上兩層甲板，直到她颼地一聲俯衝下來，穿越門下的縫隙降落在他書桌上，克魯茲才把剛才一直憋著的一口氣吐出來。

「喂！」亞米探頭進教室，「你不來嗎？」

克魯茲朝朋友勾勾手指要他過來。「魅兒在密門拍到新影片。」

「是哦？又是耶利哥？」亞米走向他。

「這次不是。」他把電腦斜向亞米，播放影片。「見過她嗎？」

亞米仔細看了幾眼，舌頭一彈。「沒有。抱歉，認不出來。」

克魯茲要自己保持冷靜，但簡直不可能。他的心跳瘋狂加速，思緒也轉個不停。剛才那短短幾秒內，亞米否認見過影片中的女子，但他的眼鏡卻變成白色梯形，帶著明亮的紫色條紋。克魯茲和亞米認識得夠久了，讀得出變形鏡框傳達的含意：白色代表驚訝或意外，紫色是謹慎和懷疑，梯形只會在亞米緊張的時候出現。克魯茲還是第一次見到三者一起出現在心情鏡框上，可能是因為他的室友從來沒對他說過謊，這是第一次。心情眼鏡出賣了創造它的人。亞米**認得**影片中的女子。

克魯茲非常確定。

6

「**吼——！**」克魯茲扔下手中的迷你螺絲起子，鏘地一聲撞到寶藍色的花崗岩桌面，再滾到地上。

亞米跪在克魯茲旁邊，下巴抵著藍色花崗岩，好平視桌上的無人機。「恭喜呀，你把魅兒的翅膀折成兩半了。」

克魯茲螺絲鎖得太用力了。「修得好嗎？」

「翅膀沒救了，不過——」

「好極了。」克魯茲坐在椅子上用力一蹬，差點連人帶椅向後翻倒。

「你一整天都很浮躁。」亞米說，「是在煩惱密語吧？」

已經過了快三天，克魯茲很想解開媽媽的密語，卻沒半點進

展。「可能就到這裡了，亞米。」他不勝唏噓地說，「這次的謎題我可能永遠解不開了。」

「你知道你的問題是什麼嗎？」

「你是說，除了無人機壞掉、一堆功課沒寫，又有一個室友整天指出我的問題之外，我還有別的問題？」

「讓我把話說完好嗎。我是要說，我們可以做一片新的翅膀。」

「我們做得出來？」

「當然不是你和我，我們可以找芳瓊幫忙。」

獵戶座號的科技實驗室主任確實擁有修好魅兒需要的技術、工具和材料。

「好主意。」克魯茲用腳把椅子推進書桌，右手撈起桌上的魅兒放進左手掌心。亞米小心翼翼地把斷翅也放進去。克魯茲走向門口，走到一半又停下來。他是不是應該等一等？石川教授食物鏈的課他還有三十頁的指定閱讀教材沒看，明天瑪莉索姑姑的課有地質年代小考，還有蓋比埃教授出的保育作業他連想都還沒開始想。克魯茲低頭看了看手中受傷的魅兒，金黃色的眼睛黯淡無光，身體癱軟無力。他不能放著她不管。他彎起手指輕輕握住無人機。「我送她過去，馬上回來。」

「嗯哼。」亞米已經坐回書桌前，心不在焉地回答。

克魯茲爬上天井的大迴旋梯，走到一半遇到蘭妮。

「你要去哪裡？」她問。

「去科技實驗室找芳瓊。因為魅兒……」他張開拳頭。

「噢，怎麼會這樣！我可以去嗎？我也想認識芳瓊。」

「好啊。」他帶頭爬上一層半的階梯，來到第四層甲板。

克魯茲在科技實驗室的保全攝影機前揮了揮手環，然後示意蘭妮先進去。他知道蘭妮一定會嘖嘖稱奇，因為他第一次看到這裡面迷宮般的隔間、冒著泡的燒杯、螢光試管，和其他奇妙的實驗項目時就是這樣。

「哇！」蘭妮的臉在燈下泛著綠光。

「請問，有人在嗎？」克魯茲大喊，「芳瓊？范德威克博士？」

他們等候其中一位科學家出現時，蘭妮探頭探腦地在各個角落東張西望，克魯茲緊跟著她。蘭妮和他一樣好奇，有時甚至還比他嚴重，在這種地方太好奇可是會釀成大禍的。

「小心！」克魯茲警告她。蘭妮彎下腰在看一個藤籃，裡面裝的東西很像藍莓瑪芬。

「我受過教訓，在這裡長得愈可愛的東西愈危險。」

「哈啾！」

克魯茲發覺這個噴嚏不是他最好的朋友打的。他伸長了脖子。「芳瓊？」

「那裡！」蘭妮指著在隔間迷宮中穿梭的一道白色殘影。

「是范德威克博士，」克魯茲說，「快來。」

他們拔腿追了過去。她走得飛快，像支箭似地在隔板之間的狹小走道上移動。幸好她沒扣上白色實驗袍，衣襬在她身後飛揚，正好成了他們可以追隨的旗幟。

這時突然聽見有人說話的聲音，克魯茲停下腳步。也許他們不該貿然闖進來。「我們等他們說完好了。」他在蘭妮耳邊低語，蘭妮點點頭。

「……疾病正在擴散。」是一個男人，克魯茲不認得他的聲音。「我們擔心支氣管肺炎的症狀。現在還有一個寶寶生病了。」

「我也很難過，摩西。」這個聲音克魯茲倒是認得，是石川教授，「不過我們有幾個好消息。」

「我們已經分離出病原體。」芳瓊加入討論，「是感冒病毒突變而來的一株病毒，這種感冒病毒在人類很常見，但出現在山地大猩猩族群只有一次。」

克魯茲和蘭妮面面相覷。山地大猩猩？

克魯茲踮起腳尖，從隔間的上緣探頭偷看。蘭妮也跟著做，很勉強才把頭抬到超過隔板的高度。芳瓊、石川教授和范德威克博士背向他們，面對著電腦，螢幕上是一名穿著卡其襯衫的非洲青年，袖子捲到了手肘上。

「應該是透過空氣或接觸受汙染的表面，從人傳給動物的。」芳瓊說著，「遊客、村民、公園巡守員——誰都有可能傳染給牠們。這株病毒的致病力恐怕比上次爆發的病毒更強。不必我說你應該也知道，呼吸道疾病對大猩猩的影響可能比對人類還嚴重。」

「是，我知道。」男子搓了搓下巴。

「好消息是，」芳瓊說，「我們——希橘兒、我們的研究團隊，以及我本人，我們已經開發出抗病毒藥物了。」

「這**真的是**好消息。」摩西說。

「最好的投藥方法是不是遠距離注射？」石川教授問。

「如果是第一群受感染的猩猩，對。」摩西回答，「牠們已經習慣了觀光客和我的獸醫團隊，我們以前就曾經用藥鏢替牠們施打過抗生素，但對別的群體會是一大難題，因為牠們和人類的接觸有限，還沒有完全習慣化，要接近會有困難。我們或許能射中一隻，但其他猩猩受到驚嚇就會逃走。」

「我們可以把藥劑混進食物，比方水果或是竹筍。」范德威克博士說。

芳瓊伸手按著她的虎斑頭巾。「用噴霧方式讓牠們吸入呢？」

「關鍵在於距離要夠近，才能確保群體裡的每一隻大猩猩都攝取到藥物。」摩西說，「但我們嘗試的**每一種**方法都有可能嚇到牠們。」

克魯茲推推蘭妮。「別讓猩猩知道有人在就不會了。」他小聲地說。

蘭妮咯咯偷笑。「你有什麼好辦法，穿大猩猩裝嗎？」

「不是，我有更好的主意。」

看到他表情嚴肅，她的笑容鬆弛下來。「那你快告訴他們呀。」

他該插嘴嗎？他們可是在偷聽別人講話。何況他的想法芳瓊八成早就想過了，也早就想到那樣不會成功的一百萬個理由了吧。

蘭妮扯了扯他的袖子。「你還在等什麼？」她厲聲催促，「快去說啊！」

也是有可能，很小很小的可能，他這個主意芳瓊還沒想到。

「好啦，好啦。」克魯茲站直身子，清了清喉嚨。石川教授、范德威克博士和芳瓊全都回過頭來。

「克魯茲？」石川博士皺起眉頭，「蘭妮？」

「對不起，」克魯茲說，「我們不是故意要偷聽的，只是來找芳瓊的時候剛好聽到你們在說話。」他一手按著胸口，「總之我在想，說不定可以交給探險者來做——我是說接近大猩猩去幫牠們施藥的事。」

芳瓊諱莫如深地對他笑了笑。她知道他要說什麼了。

克魯茲用力嚥了一下口水。「你覺得……？」

她點頭。

「我可以示範……？」

芳瓊還是點頭。

克魯茲急忙繞到隔間的另一邊，伸手在他的影子徽章上輕點兩下。他聞到一陣百香果味，確認亞米開發的盧氏錦已經啟動。克魯茲閉上眼，想像深山裡潮溼多霧的森林，厚厚的青苔像一道道綠色簾幕垂掛在林冠之間，樹木盤根錯節，地面長滿濃密的闊葉植物和蕨

SCIENCE:
LIKE MAGIC
ONLY REA

類。克魯茲希望他想像的風景足夠貼近現實，畢竟他只在照片裡看過東非的雲霧林，那是山地大猩猩唯一的分布區。

聽到蘭妮驚呼一聲，克魯茲睜開眼睛。成功了！他的制服顏色已經從平常的石頭灰色，變成逼真的綠色雨林花紋。

「我們的影子徽章！」蘭妮來到他旁邊。

「有希望成功。有希望。」范德威克博士說完，擤了一把鼻涕。

「還要在制服上加入能遮住全臉的兜帽和特製面罩。」芳瓊說，「此外還要開發雨林香氛，用來中和人類的氣味……」

「然後就能出動了嗎？」克魯茲追問，「你們會讓探險者協助任務嗎？」

「我不是你們的指導教授，」芳瓊說，「這不是我能核准的。」

蘭妮和克魯茲轉向教授，用懇求的眼神看著他。

「我們通常不會讓一年級新生參與這麼高風險的行動。」石川博士說。他緊緊合攏雙手，每次在課堂上考慮某個決定的時候他都會出現這個動作。「不過，那一帶附近目前沒有其他探險家學院的船。由於事態緊急，校方很可能會支持這項任務，但我還是必須先徵求他們同意，以及你們導師的同意。」

蘭妮小聲喊了一聲痛，克魯茲這才發覺自己緊張得雙手死抓著她的上臂，趕緊把手放開。

內心天人交戰結束，石川教授挺起背脊。「好吧。這個方法值得一試。但是我們必須迅速行動。」

克魯茲一回到艙房，通訊別針立刻傳來泰琳的聲音。「所有探險者注意，請立即開啟平板電腦，接收重要通知。」

各位探險者：

目前事態緊急，急需你的援手。有關單位請求探險者協助為染病的山地大猩猩施藥。這個任務難度很高，也很危險，所以採自願參加。欲知詳細任務內容，請立刻到迷你洞穴集合。每一隊會選出一名探險者組成遠征小組（除非同一隊所有隊員都決定不去）。

命運眷顧勇者，

石川教授

探險者紛紛湧到走廊上來，亞米和克魯茲匆匆加入。到了洞穴入口附近，他們看到蘭妮、布蘭迪絲和莎樂也來了。庫斯托隊唯一沒出現的只有杜根。

「這上面沒說會怎麼**決定人選**。」莎樂用棉花糖紅色的指甲敲著平板電腦螢幕。「不知道會不會先比賽？」

「我真的很想去。」布蘭迪絲說，「我選的保育作業主題就是山地大猩猩，這是我最喜歡的動物，我超想親眼看到牠們。」

「如果會表決的話，」克魯茲在她耳邊小聲說，「我會投給你。」

她對他嫣然一笑，他的心臟不禁撲通亂跳。

洞穴的大門打開了。

亞米揚了揚下巴。「杜根沒來。」

「我知道。」克魯茲說。

「真不像他，這種事他一向不會錯過。」

「我**知道**。」

「我是說，那傢伙超級好勝，怎麼可能不來——」

克魯茲不滿地低吼一聲。為什麼老是要由他來解救杜根？克魯茲用力按下通訊別針。

「克魯茲・柯羅納多呼叫杜根・馬許。」

「馬許收到。」

「你有收到石川教授的訊息嗎？你會來洞穴嗎？」

「沒。」

「你是沒收到訊息，還是沒有要來？」

「我收到了，我沒有要去。」

「杜根，你確定？這可是山地大猩猩和冒險任務——」

「我說了**我不去**。通話完畢。」

克魯茲對亞米搖搖頭，亞米嘆了一聲，像是在說：「算了，至少你問過了。」

所有人走進迷你洞穴所在的橢圓形大船艙，四周近乎全黑。靠近船艙中心有一盞大聚光燈，照亮了石川教授和勒格宏先生。

「晚安，各位探險者！」石川教授的聲音在空蕩的船艙中回響。「請把平板電腦、手機和所有電子裝置放在洞穴入口旁邊。」

正常來說這代表魅兒也不能帶，但是既然她故障了，克魯茲心想留在口袋裡應該沒關係。剛才一口氣發生太多興奮的事，克魯茲沒機會問芳瓊能不能修理他的無人機。他拍拍口袋。「魅兒，放心吧，」他喃喃自語，「我不會忘記你的。」

「請大家靠過來。」石川教授說，「在烏干達的『無法穿越的布溫迪森林』，有一種病毒正在山地大猩猩族群中蔓延，我們的任務是要為大猩猩施藥治療，預防病毒繼續擴散。不過直升機只坐得下四位探險者。在這場說明會之後，勒格宏先生和我會把這次遠征行動的任務小組安排好，但是我必須先告訴大家，這不是簡單的任務。各位要徒步進入叢林的深處。雖然我們會做好萬全的預防措施，而且一般來說山地大猩猩也是害羞的動物，但牠畢竟是**野生動物**，要是覺得受到威脅仍有可能凶性大發。另外，國家公園雖然是保護區，並不代表盜獵者或罪犯就不會穿過這裡。現在你們都明白風險了，想退出的人可以自由離開，沒有人會因此認為你不夠勇敢。這不是課堂作業，要不要參加完全是自由選擇。」他轉身背對大家，用不想讓其他人聽見的聲音和勒格宏先生講起話來。

教授故意給大家時間，想退出的人可以趁這時候靜靜地溜出洞穴。克魯茲沒打算離開。他望向隊友，每個人都站在原地沒動，用同樣堅定的眼神回應他。庫斯托隊沒有一個人離開。看起來別隊也一樣。

石川教授回過身來，似乎很高興看到所有探險者都決定留下來。「很好。接下來，」他說，「想加入任務小組的人就要各憑本事了。」

洞穴的燈亮了。在弧形的黑色牆壁前方幾公尺處，出現了一群懸浮在地面上的圓盤，六個紅色、六個藍色、六個綠色，最後五個是紫色，排成一個大圓圈。圓盤直徑大約六十公分，離地不到十公分。「麥哲倫隊，你們分派到紅色圓盤。」勒格宏先生說，「伽利略隊，你們是藍色。艾爾哈特隊，綠色。庫斯托隊，紫色。」

「我們要用這些做什麼？」費咪問道。

「站上去。」他們的老師回答。

大家噗哧笑了出來，隨即驚覺勒格宏先生是認真的。

克魯茲伸出一隻腳，小心翼翼地踏上其中一個紫色圓盤，看到它沒往下沉、沒翻倒，也沒有要把他甩飛的意思，他才把重心往前挪，整個人站上去。離開地面的感覺很奇怪。布蘭迪絲站上他右邊的圓盤，蘭妮在他左邊，彎下腰瞇著眼窺探圓盤的底部，一定是想搞懂它的運作原理。克魯茲注意到地上有一排正方形的白燈，總共十盞，從他的圓盤向前延伸出去，形成一條虛線，直直地通往洞穴中央石川教授和勒格宏先生所在的聚光燈下。其他人面前也都有同樣一條白燈點亮的線，整個地面就像一張巨大的披薩切成二十三個扇形。就連這些彩色圓盤都讓克魯茲聯想到義大利臘腸切片。

「全體注意！」勒格宏先生中氣十足地喊道，「站穩，站直，看我這邊。」

幾秒鐘後，每名探險者面前浮現了一組白色的螢幕和鍵盤。

「這場比賽要考考你對山地大猩猩的認識。」石川教授說，「各位的螢幕上會出現，道題目。你有三十秒可以輸入答案。答對了，你的圓盤會往我所在的中央圓圈前進一個白燈。答錯了，或者沒有在限制時間內作答，就算出局。你的那條燈線會熄滅，圓盤也會落地。出局的人請安靜地站在原地，等待比賽結束。作答愈快，下一個題目就會愈快出現。各隊第一個抵達中央圓圈的隊員就會贏得加入任務小組的資格。比賽一如往常是榮譽制，請大家看著自己的螢幕，各自作答。」

勒格宏先生舉起手。「探險者請預備。」

克魯茲把十指擺在鍵盤正中間就位。

「第一題即將開始，三、二、一……」

克魯茲快速掃視螢幕：**全世界有三個國家是山地大猩猩的棲息地，請回答其中任何一個**。這還不簡單！石川教授不到一個鐘頭之前才對他們說過答案。螢幕左上角出現一個倒數三十秒的碼表。克魯茲輸入：**烏干達**。

正確！

他的圓盤向前滑動，停下來的瞬間，新題目立刻出現：**山地大猩猩群體一般由一隻雄性領頭，負責決策及保護群體。這個領袖別名又叫？**

啊啊！這個克魯茲知道。答案呼之欲出，就差一點點。叫什麼？時間剩下十秒，他猛然想起來，連忙輸入答案：**銀背**。

正確！

好險！他的圓盤前進到下一個燈。

是非題。大猩猩鼻子周圍的皺紋又叫鼻紋，每個個體各有不同，和人類的指紋一樣因人而異，對還是錯？

克魯茲很確定答案是對。他的手指在鍵盤上飛快打字。

正確！

隨著他的紫色圓盤漸漸接近石川教授，克魯茲心中升起一股異樣的感覺，彷彿以前就玩過這個遊戲。他當然沒玩過，但是為什麼感覺這麼熟悉？

布蘭迪絲超前他兩個燈，亞米領先他一個燈。蘭妮和莎樂和他並駕齊驅。螢幕出現下一題：**大猩猩每隔多久會做一個睡覺用的新窩？**

這一題克魯茲完全不會。他暗自祈禱答案快點找上他，否則他只好用猜的了。不到幾秒，答案真的浮現在他腦中，不過和這一題沒有半點關係。他低頭看著自己擺在鍵盤上的雙手，靈光一閃。克魯茲知道怎麼破解媽媽的密語了！

7

時間到！

答案：大猩猩每天晚上都會做新的窩睡覺。

克魯茲圓盤下方的燈線暗了下來。一秒鐘後，電腦螢幕和鍵盤也消失了，他的紫色圓盤緩緩下降到地面。克魯茲出局了。但是沒關係，因為現在他知道媽媽線索中那些躍動的方格是什麼意思了——應該說，只要他能拿回平板電腦，馬上就能知道。

他先前怎麼會沒看出來呢？密語是對應字母沒錯，但是他們用的解碼對照表錯了！而且，他媽媽說得對。那個東西他看過上萬遍，包括今天晚上。克魯茲用最大的意志力才得以遵守教授的指示，留在圓盤的位置沒有走開。他的平板電腦就在六公尺外的洞穴門口，和其他人的電子裝置堆放在一起。他看著前方布蘭迪絲的圓盤正滑入中央圓圈，她贏了！布蘭迪絲左右張望，看看隊友的進度到哪裡，然後向天空揮拳慶祝勝利。克魯茲露出微笑。沒多久，四名探險者就和石川教授和勒格宏先生一起站在中央聚光燈下。比賽結束。

「表現得很棒！」教授說，「請大家恭喜獲勝者：庫斯托隊的布蘭迪絲、伽利略隊的菲力普、艾爾哈特隊的席莉絲汀，以及麥哲倫隊的阿里。」

探險者一齊為贏家鼓掌。

「現在麻煩任務小組留下來。」石川教授吩咐，「其他人可以上樓去了，所有的課會先暫停到我們回來為止，不過——」

熱烈的掌聲再度響起，這次的聲音比剛才大了一倍。

教授舉起手，大家才安靜下來。「我還沒說完呢。課程雖然暫停了，你們也不是沒事做。其他人要擔任任務支援人員，負責監控在野外使用的各項設備，包括影子徽章、OS手環，以及芳瓊會配發給隊員用來找出大猩猩位置的昆蟲無人機。請各位明天早上九點鐘到會議室集合，蓋比埃教授、柯羅納多教授和班乃迪克教授會說明你們的工作。」

離開前，莎樂、亞米和克魯茲上前恭喜布蘭迪絲。她輪流擁抱他們每一個人，克魯茲是最後一個，他不經意地感覺到她抱他的時間比其他人多了幾秒。

「凡事小心。」克魯茲退後一步，對布蘭迪絲說。

「我會的。」布蘭迪絲好像還想說點別的，但瞥了莎樂和亞米一眼之後又打消了念頭。

庫斯托隊的四個隊員最後向布蘭迪絲揮了揮手，祝她好運，隨即收拾裝備走出洞穴。

到了走廊上，克魯茲把這幾個朋友拉到一旁。「十分鐘後來我房間。」他壓低聲音說。

「一個一個來，免得別人起疑。」

「怎麼回事？」莎樂問。

克魯茲等到孫濤和尤莉雅走過去了才說：「來就對了。」

蘭妮用手肘頂了頂莎樂：「他一定解出來了。」克魯茲從來瞞不過蘭妮。

「真的？」莎樂倒抽一口氣。「你解開了？」

克魯茲神祕兮兮地對她一笑。「十分鐘後見。」

二〇二號艙房的門一關上，亞米立刻跳過來。「密語是什麼？」

「還不知道啦。」克魯茲笑著說，「還得解碼才行，不過我已經知道怎麼做了。」

黃色和粉紅色條紋像風火輪一般在亞米的鏡框裡快速旋轉。「你怎麼知道的？」

「剛才知識競賽的時候我突然有一種奇怪的感覺。移動的圓盤、發光的燈線——洞穴裡的這一切都讓我覺得好熟悉，可是我說不上來是為什麼。到了某個問題我要用鍵盤輸入答案的時候，我才明白——」

克魯茲的平板電腦響起鈴聲。是他爸爸打來的。克魯茲向亞米豎起手指，表示待會兒再繼續講。他在床緣坐下，點開螢幕。「嗨，爸。」

「嗨，兒子。」他手上握著他最愛的咖啡杯，是幾年前的父親節克魯茲送給他的。克魯茲還在杯身上彩繪，畫上「高飛腳老爹」的字樣。在衝浪界的術語裡，高飛腳的意思是右腳在前的衝浪姿勢。他爸爸和克魯茲

一樣都是高飛腳衝浪人，他們的衝浪店店名也是這樣來的。「近況如何啊？」

「蘭妮！」克魯茲興奮吶喊。「爸，她來了，在獵戶座號上，跟我一起上課。她現在也是探險者了！」

他爸爸呵呵笑著。「我聽說了。」

「她是備取生。原來她一直是探險家學院的備取生，我們居然都不知道！」

「你這個星期一定開心死了。」

「豈止這個星期？我要開心一整年了，她和我同隊。她也在庫斯托隊。」

「那就更棒了。」他爸爸湊近螢幕。「兒子，我時間不多，你現在方便說話嗎？」

「方便啊，這裡只有我和亞米，蘭妮和莎樂隨時會來。怎麼了？」

「警察又抓到了一個綁匪。」

「但他們不是有三個人嗎？」

「對，主嫌還沒有抓到。湯姆・倫敦這傢伙——當然這不是他的真名，要是他真的像他看起來那麼聰明的話，我相信他和他那雙牛仔靴早就離開夏威夷州了。」

「牛……牛仔靴？」克魯茲結結巴巴地說道。

「對，他穿一雙蛇皮花紋的牛仔靴。沒看過那麼醜的東西。關於那傢伙的所有細節，只要我記得，我都盡可能告訴警方了——高個子、鬍渣下巴、長相英俊，還有那雙可笑的靴子。」

湯姆・倫敦。原來他叫這個名字。也可能不是。克魯茲知道這個穿牛仔靴的男子是幫涅布拉辦事的，所以聽到爸爸這個新消息並不是很驚訝。不過，涅布拉竟然派之前想殺克魯茲的同一個人去綁架他爸爸，這似乎讓整件事顯得更加……

駭人。

他媽媽是對的。她在投影日記裡說的話，早已烙印在他腦中：**涅布拉可能會設法阻止你，甚至傷害你**。克魯茲知道涅布拉永遠不會放棄。他們虎視眈眈地潛伏在暗處，隨時等待出擊。

「……我不相信涅布拉有膽子再來綁架我，」他爸爸繼續說，「不過怕萬一他們真的又來了，我已經在家裡和樓下店面加裝了保全設備。」

「那就好。」克魯茲說。爸爸的話讓他安心許多。

有人輕輕敲了一下門。亞米過去開門。

克魯茲把電腦調轉方向，讓他爸爸能看到莎樂和蘭妮。「爸，她們來了。」

「嗨，兩位姑娘。」克魯茲的爸爸說。

她們揮手打了招呼。

「她們過來一起研究媽媽的第四道線索。」克魯茲告訴爸爸。

「進展還好嗎？」

「我好像想到解法了。」克魯茲揮手示意隊友坐到他旁邊，「爸，我把我拍密碼圖的影片寄給你，你看一下。」

「好。」

一分鐘後，克魯茲聽見小鳥叫聲，知道爸爸正在看影片。「你有沒有看到方格裡的數字？」克魯茲指引他爸爸。「我們一開始以為每個數字各代表一個英文字母──你知道吧，1是A、2是B，依此類推。可是解出來的訊息看不出任何意思。我後來想到，會不會是我們用錯對照表了？如果方格代表的是別的東西──同樣有二十六個字母，也有類似形狀的方格，而且像線索裡一樣分成三排，也一樣會前後移動呢？這時我才突然想到，那些方格其實是──」

「鍵盤！」莎樂激動地跳起來大喊，結果用力過頭整個人摔到了床下。她用塗成藍色、粉紅色和紅色的手指頭抓著床單，把自己拉起來，從棉被堆上探出頭說：「是QWERTY標準鍵盤。」

「對！」克魯茲語帶得意。

「怎麼會，我居然沒看出來。」亞米一掌拍向額頭，「明明那些格子長得就有點像鍵盤。」

蘭妮歪著頭：「所以密語說了什麼？」

「我正要解碼。」克魯茲說。

「來，用我的鍵盤。」莎樂說著把她的平板電腦拿到床上，放在克魯茲旁邊。「克魯茲，你播放影片，我轉換成字母。」

「我再把字母輸入電腦，看看是什麼意思。」蘭妮接著說。

「記得一定要按照方格移動的順序。」亞米提醒。

「好。」克魯茲按下播放鍵，「第一格是紅二十五。」

「鍵盤第二十五格是N。」莎樂說。

蘭妮點擊她的螢幕。

「第二格是綠八。」

「是I。」莎樂說。

「紫十一。」克魯茲接著喊。

「A。」

「黃二十六。」

莎樂嘻嘻一笑。「這個簡單，M。」

克魯茲看到橘色格子向前滑。「橘十一。」

「A。」

「淺藍二十四。」

「B。」

「深藍八。」

「I。」莎樂大聲宣告。

結束了。

所有人把目光轉向蘭妮，蘭妮宣布結果：「N—I—A—M—A—B—I。」

「鯰麻比？」莎樂做了個怪臉，「是什麼魚嗎？」

「說不定是人名，」克魯茲說，「叫尼阿・馬比？」

「我看你才麻痺。」蘭妮開玩笑說。

「也可能是地名。」亞米說，手指在螢幕上飛舞。「NI是尼加拉瓜的網路國家代碼……NI也可以代表北愛爾蘭……」

「或是紐西蘭的北島。」莎樂說，「我是南島來的，如果能在紐西蘭找到其中一塊密碼石，那不是很棒嗎？」

「要是線索真的要我們去紐西蘭，你可以帶路。」克魯茲說。

「說不定是一個配方。」蘭妮說。她也在用平板電腦搜尋，「我這裡有元素週期表。Ni是鎳的化學符號。Am是鋂。Bi……我看看……是鉍。剩下Ma的話是……沒有對應的元素。」

「鋂是有放射性的，要我的話不會想嘗試這個配方。」亞米提出警告。

克魯茲也想不出所以然。他嘆了口氣，「看來是我想錯了，以為是鍵盤。」

「不要那麼快就放棄。」蘭妮說，「我覺得我們方向對了。」

「我也覺得。」莎樂說，「新解出來的字母有母音了。」

「那些顏色呢？」克魯茲的爸爸插嘴說。

大家對看一眼。克魯茲聳聳肩。「就算顏色有意義，我們也不知道是什麼意思。」

「一定是有意思的。不然所有的數字都用同一個顏色就好了，不是嗎？」

爸爸說得有道理。但他們解讀不出這些彩色的移動方格代表什麼意義，所以只得到一個無法理解的訊息。這一次等於還是沒有進展。

「我得下樓開店去了。」克魯茲的爸爸說。埃及和夏威夷的時差是十二小時，克魯茲的一天即將結束，他爸爸的一天才剛要開始。「大家加油，別氣餒。你們會解開的。愛你喔兒子。」

「我也愛你。」

視訊通話視窗關閉。

燈光閃了兩下，就寢時間到了。

「至少明天不用早起去上課。」女孩子離開後，亞米說，「我們可以睡到飽，多幸運。」

「是啊，真幸運。」克魯茲附和。但謎底還沒解開，他有預感今晚又是一個難眠之夜。

叮鈴鈴，響起一陣鈴聲。

克魯茲睜開眼睛。艙房一片漆黑。他趴在床上，枕頭在後面被他擠到豎了起來，有個尖尖的東西抵著他的腰。叮鈴鈴——同樣的鈴聲又來了。是他的平板電腦傳來的。他扯開纏住的被單，找到電腦，按下通話鍵，出現一雙美麗的藍眼睛看著他。

「布蘭迪絲？」克魯茲說，因為剛睡醒，聲音還很沙啞。「怎麼了？」

「沒事。」她輕聲說。她把平板電腦捧在下巴底下，光線在她臉上照出陰森的鬼影。「一切都很順利。我剛剛訓練回來。」

克魯茲揉揉眼睛。「現在幾點了？」

「嗯……將近午夜。莎樂已經睡了。」

他打了個哈欠。「很多人都已經睡了。」

「抱歉。我想請你幫個忙，你的行李袋可以借我嗎？我的拉鍊壞了。泰琳已經幫我訂了新的，但是還沒送來。」

「沒問題。要我拿去給你嗎？」

「我過去找你。我不想給你添麻煩，萬一被泰琳聽到的話。」

「我不介意——」

「我一分鐘後到。不用，半分鐘好了。」

她過了二十二秒就到了。克魯茲把房門打開一條縫，在門邊等她。入夜以後，只有幾盞古式吊燈照亮探險者走廊，這些古色古香的船燈在鐵絲提把下搖搖晃晃，每隔大約三公尺就有一盞，在左右兩邊牆上交錯懸掛。克魯茲看到一個高挑的人匆匆穿過陰影走來。布蘭迪絲穿著學校發的苔綠色短袖上衣和制服長褲，但腳上穿的不是布鞋，而是一雙北極熊拖鞋。純白的熊在昏黃的燈光下格外醒目。

「謝謝。」她接過他遞來的行李袋，低聲道謝。

「你們明天很早就要出發嗎？」

「七點。」

「你最好睡一下。」

「我盡量。」她低下頭，手指輕撫行李袋正面長方形的金色小名牌，上面刻著柯羅納多四個字。

「真的謝了。晚安。」

「晚安。」

布蘭迪絲轉身離開。

他正要把門關上。

「克魯茲？」

他又打開門，屏住了呼吸。「什麼事？」

「我一直在想……你之前說會投給我……你那麼聰明又厲害……」她視線往上移，對上他的眼神。「希望你能誠實告訴我。」

克魯茲不懂她的意思。「告訴你什麼……？」

「你是不是故意輸掉問答比賽？」

「沒這回事！我知道你很想去，但我不是因為想讓你去才輸的。」

「我希望……你也知道……」她輕輕用腳趾踢著木頭地板，「我希望我贏得——你們是怎麼形容的——光明磊落？」

他舉起一隻手，像在發誓。「光明磊落。」

「我知道了。抱歉……我一定是對任務有點緊張。勒格宏先生和石川教授在訓練中去給我們一大堆注意事項。我們就算從頭到腳幾乎都被盧氏錦包住，在大猩猩周圍還是要非常小心；要注意不能擋在家族成員之間，或是不小心被踩到或者絆倒——要記住的事情好多。」她緊緊握著他的行李袋提把，指關節都泛白了。「我不想出錯。」

「你不會的。」克魯茲走出房門，「我是說真的。我不是因為我們是好朋友才說會投給你。你本來就有資格去，你很擅長解決問題，而且面對壓力還是很冷靜。想想看你都能應付杜根了，幾隻生病的山地大猩猩算什麼，對吧？」

笑容在她的嘴角綻放開來。

「這是婀洛赫。」克魯茲下結論說。

「我的天命，對。」

克魯茲發現自己望著她的眼睛：世界上最淺的天藍色，摻著一抹淡淡的灰。他感覺到涼涼的嘴唇掃過他的臉頰，一抬頭，她已經穿著北極熊拖鞋沿著走廊跑遠了。

在吊燈金黃柔和的光暈下，他的行李袋的金屬拉鍊頭最後閃現了一絲金燦亮光，旋即被陰影吞沒。克魯茲站在房門口忽然想到，布蘭迪絲大可以找莎樂借行李袋，不但方便多了，莎樂也一定不會介意。她為什麼沒有那麼做？

他伸手摸著臉頰。還需要問別的原因嗎？

8

克魯茲聽見一聲悶響。

他猛然睜開眼睛，聲音是他翻身撞上床邊的牆壁發出來的。風拍打著舷窗邊框，窗玻璃也跟著震動。克魯茲在床上跪坐起來，透過舷窗往外看。獵戶座號在紅海洶湧的白浪中翻騰起伏，破曉的天光在空中放射出一條條紫色和橘色的霞光。克魯茲滑向床鋪另一端，拿起平板電腦。現在才六點二十二分，他動作快的話，她可能還在吃早餐。

克魯茲跳進淋浴間沖了個澡，安靜迅速地換好衣服，以免吵醒亞米。他一隻手穿進外套，一邊躡手躡腳走向房門。

正當他要伸手去握門把……

「芳瓊呼叫克魯茲・柯羅納多。」

克魯茲趕緊用左掌蓋住通訊別針。「克魯茲收到。」他回答。

「抱歉把你吵醒。」傳來的聲音悶悶的像隔了一層紗。

「我已經起床了。」

「你在房間嗎？」

「對，我正想上去吃早餐。」

「你可以先來實驗室一趟嗎？」芳瓊說，「順便把我做給你的裝置帶來。你知道是哪一個。」

克魯茲立刻把手伸進右下方的前口袋，他一向把章魚彈放在那裡。「馬上到。」

克魯茲左彎右拐，穿過探險者走廊爬上天井樓梯，再往上一層，來到位於第四層甲板的科技實驗室。走進去之後，他停下來喘氣，聽到附近一個隔間傳來窸窸窣窣的聲音。他探頭一看，見到桌上堆滿五花八門的雜物：剪刀、試管、燒杯、日動機器人、迷你攝影機、頭戴裝置，還有好幾個奇形怪狀的小道具和電子裝置，他看不出是什麼。芳瓊正在設法想把那些東西全塞進一個手提大小、附輪子的硬殼行李箱裡。

「不可能全部塞進去啦。」他說。

「我的字典裡沒有『不可能』。」芳瓊頭也沒抬地說，雙手快速移位，把那堆設備裝箱，動作快到她白色圍裙上的瓢蟲圖案都化成一團模糊。同樣花色的頭巾裹住她那一頭焦糖棕色的蓬鬆卷髮。「我們半小時後就要出發，你也看到了，我還沒準備好。希橘兒也遲到了。」她暫時停下急躁的打包動作。「章魚彈，你帶來了嗎？」

他遞給她。

「謝謝。」她看到他擔憂的表情，「我八成用不到，任務回來我就馬上還給你——保證原封不動。我原本可以自己再做一個，但時間不夠。」

克魯茲看著她把那枚圓球裝進一個用泡泡紙做成的透明信封，每個泡泡裡都裝填了奶藍色的液體。芳瓊把信封封好，沿著圓球把邊緣捲起來，然後整個塞進行李箱角落。

芳瓊鼓起雙頰呼了口氣，後退一步。「好啦，裝得下的差不多就這些了，你說呢？」她闔起蓋子，把扣環扣上，哼地一聲把箱子從桌面移到地上，再推到隔間角落去，那裡立著另一個一模一樣的行李箱。

芳瓊把圍裙掀過頭頂脫掉，快步跑出隔間，幾分鐘後再度現身，已經改穿著肥大的綠色連帽大衣，胸口別著影子徽章，一邊肩膀背著一個塞得飽飽的背包，另一邊掛著行李袋。「我那個助理**到底**去哪裡了？」她點了點通訊別針。「芳瓊呼叫希橘兒・范德威克。」

「希鼻兒收到。我知道，我來了。」

她剛才說「希鼻兒」嗎？范德威克博士的聲音聽起來怪怪的，想必是通訊頻率受到了輕微干擾。

「快點來。」芳瓊說，「我們現在就得把器材搬到直升機坪去了。」

「我可以幫忙。」克魯茲自告奮勇。他抓起她肩上那個行李袋的粗厚提把，背到自己的肩膀上，另一手抓住其中一個黑色行李箱的推桿。「這樣就行了。」

「謝了，克魯茲。希橘兒，到停機坪和我們會合。」

「收到。」

芳瓊推著另一個行李箱，兩人往電梯出發。克魯茲跟在芳瓊後面把行李箱推進電梯，按下往氣象甲板的樓層按鈕。電梯門關閉。他們仰頭看著電梯的指示燈，克魯茲忍不住問了一個問題，要不是周圍沒有別人，他可能永遠沒有勇氣問。「芳瓊，你覺得這個方法有用嗎？」

她左右輪流鼓著臉頰。「說實話嗎？我不知道。可能出錯的地方太多太多了。可是換個角度想，假使大多數都做對了，我們就能拯救這些動物，甚至是拯救一整個族群。」芳瓊望向他，「挺刺激的吧？」

克魯茲不得不承認的確很刺激。

電梯門開啟。石川教授、布蘭迪絲、阿里、菲力普和席莉絲汀都在獵戶座號最上層甲板的觀測室裡了。克魯茲原本希望布蘭迪絲會看到他，但她坐在一張橄欖綠色的扶手沙發裡，低著頭在看平板電腦。通往直升機坪的門附近有一臺行李推車，克魯茲和芳瓊把帶來的器材也堆上去。

「真的謝了。」芳瓊對克魯茲說，「你幫了**很多**忙。」

「小意思。」

「**哈啾**！」是范德威克博士。她背著行李袋，穿過樓梯井走來。她看起來氣色很糟，鼻子泛紅，兩眼浮腫，平常總是紮得完美的扭結餅髮髻歪向一邊，珍珠髮夾垂掛在散開的髮束上，只差沒掉下來。「哈啾！哈啾！」

「噴嚏三連發，」阿里說，「了不起。」

「希橘兒！」芳瓊快步走向她的助理，「你還好吧？」

「我很拗，我很拗。」范德威克博士堅持地說，但鼻塞害她發不出正確的音。她揮揮手表示沒事，但每個人都看得出來她現在一點都不好。

芳瓊說出了大家的想法。「希橘兒，你生病了。你現在的狀態不適合出任務。」

「可是你需傲我。事情那麼多。我們傲架設實驗室，部署蝴蝶……還傲準備輿物，而且……而且……哈啾！」范德威克博士從口袋抽出一張面紙，擤了擤鼻涕。她的髮髻鬆開了，克魯茲撿起掉在地上的珍珠髮夾還給她。

「我會想辦法。」芳瓊說道，一邊握著她的肩膀把她轉過去面向電梯，同時向菲力普點點頭要他按下按鈕。「我現在只需要你好好休息。明天你如果覺得好一點了，可以加入船上的支援團隊。現在先去醫務室吧。」

「但是——」

「醫務室。**現在就去**。」

「好吧。」范德威克吸了最後一下鼻子，拖著腳走進電梯。

「希望我們還是能去。」克魯茲聽到席莉絲汀小聲地對其他探險者說。

「我們會去的。」阿里說，「我們非去不可。大猩猩還在指望我們呢。」

聽見這句話，布蘭迪絲驀地抬起頭。「我們不去了？」看到克魯茲也在，她驚訝得站起來。剛才她沒注意到他進來，現在肯定很納悶他怎麼在這裡。

「我們照常出發。」石川教授語氣堅定地說。

忽然，一股強風襲向他們。通往直升機坪的門開了。「人員到齊了嗎？」他們的駕駛員羅克薩斯機長問，「我得在十點前送你們到喀土穆。」

芳瓊猛轉過身，面向克魯茲。「我需要你再幫我一次。」

「好啊。」克魯茲繞到行李推車的另一邊，幫忙羅克薩斯機長把推車推出去。

芳瓊一手插腰。「不是那個。」

「喔，那是什麼？」

「這次任務。」

克魯茲回頭太快，脖子痛了一下差點扭到。「你說……什麼？」

「希橘兒說得沒錯，我的確需要人手。你多快能收拾好行李？」

「可是我……我不懂病毒……我……也不懂製藥……我什麼都不會。」

「你學了就會。」她說得輕鬆。

克魯茲瞠目結舌，呆望著她。芳瓊是認真的。

她向前彎下腰，單邊眉毛往上挑，碰到瓢蟲圖案的頭巾。「挺刺激的吧？」

「探險者，看下面！」石川教授的聲音響徹整架飛機，「那就是『無法穿越的布溫迪森林』。」

飛機往側面一傾，正好給了克魯茲完美的視野，下方連綿起伏的丘陵一覽無遺。山坡上的林木連綿不絕，看不見絲毫空隙。

布蘭迪絲也靠過來看。「那就是我們要去的地方？現在我知道為什麼要叫無法穿越的森林了。」

克魯茲把頭上的腦控相機翻到眼前。他們離開獵戶座號以後，他幾乎沿途都在拍照——從搭著直升機離開水光粼粼的碧藍紅海開始，一直到飛越努比安沙漠金黃色的沙丘和裸露的岩石上空；抵達蘇丹的喀土穆後，改搭探險家學院的專機「兀鷲號」繼續往南飛，他還是繼續在拍。飛機跟著蜿蜒的白尼羅河進入烏干達，飛越灌木叢林和稀樹草原、熱帶雨林和低矮山麓。克魯打算等到降落在基索羅後，把他拍得最好的幾張照片傳給他爸爸和姑姑。

瑪莉索姑姑！

「我慘了。」他喃喃自語。

布蘭迪絲從平板電腦上抬起頭。「怎麼了？」

「我一直沒機會告訴姑姑我也加入了這趟任務。事情發生得太快了。我只有兩分鐘收行李。」他的行李袋已經借給布蘭迪絲，他只好借亞米的。

「我相信亞米或泰琳會跟她說的。」

話雖如此，為了保險起見，等他們一降落，他還是會打一通電話。

布蘭迪絲的手指在他們之間的座椅扶手上敲著節奏，每個指甲都塗了不同的顏色。想當然爾是莎樂的手筆。

布蘭迪絲發覺克魯茲盯著她的手指頭看。「我知道，我知道。我變成一道彩虹了。你知道是誰的傑作。」

克魯茲笑了。他回過頭，重新眺望青山。

彩虹。這幾個字像一根小刺卡在他的腦海裡。他媽媽在日記裡好像也說了關於彩虹的話。

「我跟她說小指頭應該塗粉紅色，不是紫色，但你也曉得莎樂……」布蘭迪絲繼續說著。

媽媽是怎麼說的？他想了幾分鐘才想起來……

你見過它成千上萬遍，就和彩虹一樣熟悉。

有可能嗎……？

她難道是說……？

對啦！錯不了！克魯茲猛然坐直，不小心踢到前面的座位。

「喂！」菲力普喊了一聲。

「對不起。」克魯茲破解密碼的方向沒錯。他見過成千上萬遍的東西，確實是鍵盤。但他媽媽說「**和彩虹一樣熟悉**」，並不是要拿鍵盤和水氣折射陽光產生的彩虹做比較。不是的，她是在給他指示。媽媽是要他把那些彩色方格依照可見光譜的順序、也就是彩虹顏色的順序排列：紅、橙、黃、綠、藍、靛、紫。一定就是這樣。密語中那些浮動方格的顏色，正是彩虹的七種顏色，這不可能是巧合！

克魯茲彎腰伸手到菲力普的座位底下，用發抖的手指拉開他的背包拉鍊，拿出平板電腦。他調整坐姿，背靠飛機窗戶，免得被布蘭迪絲偷偷瞄到。然後深吸了一大口氣，再度嘗試破解訊息：

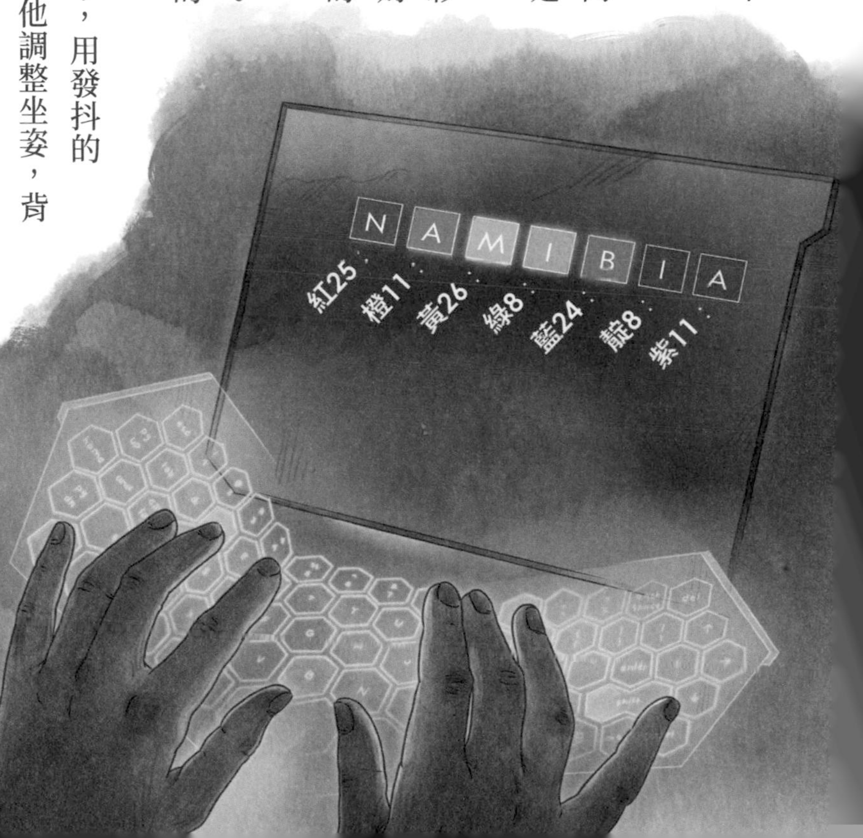

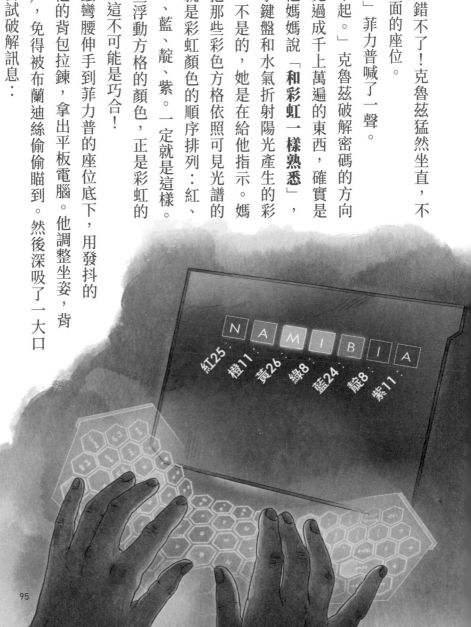

納米比亞！克魯茲解開密語了！

他很想「哇呼」地大叫一聲，可是在這裡他當然不能出聲。在這裡他什麼都不能做，連傳簡訊告訴朋友這個突破性的進展也不行。想要慶祝一下只能等到兀鷲號在基索羅降落以後了。納米比亞在非洲西岸，距離烏干達有三千多公里。但是無妨，克魯茲已經來對了大陸，也朝著正確的方向前進。這就夠了，不，應該說，這才是**最重要的**。克魯茲往後靠上椅背，總算能安心闔上眼睛。他媽媽的第四塊密碼石，就藏在納米比亞的某個地方。

克魯茲的眼皮驟然掀開。

問題是，在哪裡？

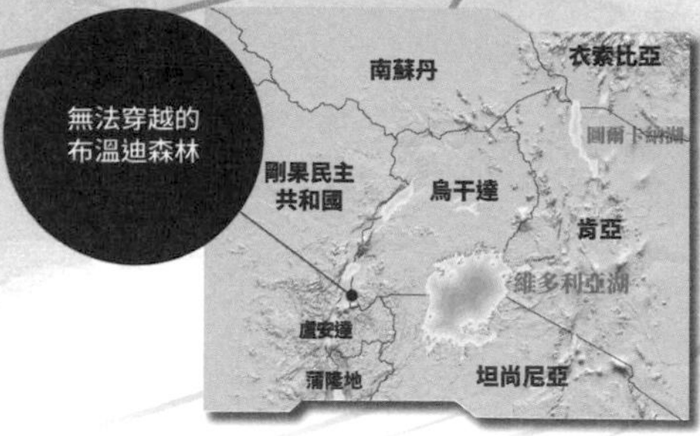

9

「你不喜歡勞力士嗎？」

克魯茲看了一眼布蘭迪絲盤子，她完全沒動過。

大猩猩研究中心位於無法穿越的布溫迪森林外圍，他們抵達時克魯茲已經餓壞了，就算擺在面前的是一碗碎紙他也會吃下去。還好不是，克魯茲在視訊電話裡見過的摩西・納杰巴博士、他的助理詹迪・歐哈拉，以及其他幾位工作人員為他們準備的是俗稱勞力士（rolex）的蛋餅，使用的餅皮叫恰巴提，是烏干達傳統的鬆軟圓餅，放在蛋液上煎酥，擺上紅蘿蔔絲、新鮮切片番茄和乳酪等餡料再捲起來。納杰巴博士說，烏干達蛋餅會叫做勞力士就是從英文蛋捲（rolled eggs）的發音來的。每份蛋餅還會附上一碗水煮豆，簡單、溫熱又美味——正是風塵僕僕的一天下來最理想的一餐。飲料有礦泉水、冰紅茶和百香果柳橙鳳梨汁可以選。克魯茲選了果汁。

「看起來很好吃，只是……」布蘭迪絲用叉子撥弄一片番茄，「我頭痛。」

這也難怪。從基索羅坐四輪傳動車來這裡的路程十分顛簸，剛才那一個半小時，他們的車子開在布滿了疙瘩、胎痕和坑洞的土路上，連人帶車不停地左搖右晃、上拋下甩，像一碗生菜沙拉被攪拌得七葷八素。

「你該吃點東西。」克魯茲說，「明天有的忙的。」

「我知道。」布蘭迪絲說，「芳瓊明天早上就會派出昆蟲無人機確認大猩猩的位置。石川教授說，看找到的位置在哪裡，我們可能要走好幾個鐘頭的山路才能接近牠們。」

他推了推她握著叉子的手。「所以快吃吧。」

「好啦，爸。」她調皮地笑了笑，叉起番茄。

「你聽說了嗎？」坐在克魯茲另一邊的阿里用手肘頂他。「法律規定我們這個年紀的孩子不能徒步進入公園看大猩猩。萬一他們不准我們去怎麼辦？」

克魯茲舀起他最後一口蛋餅。「他們會讓我們去的。」

「你怎麼知道？」

「我們不是孩子，我們是探險者。」

阿里挺胸坐直。「對，你說得對。」

果不其然，甜點快吃完的時候（溫芒果洋梨塔——好吃！），納杰巴博士已主動向他們解釋，雖然法律禁止十五歲以下的遊客進入大猩猩步道，但探險家學院的學生特別獲得通融。「我們很感謝各位願意幫忙。」他們坐在餐桌主位的東道主說，「以目前的局面我們要是不趕緊行動，可能就無可挽回了。」

「棲地破壞、戰爭、狩獵、疾病——這些因素導致整個山地大猩猩族群的數量銳減，現在全世界只剩下兩個保護區。」石川教授說。

「有一半的大猩猩棲息在布溫迪森林，另一半分布在南邊維龍加山脈的三座國家公園，範圍橫跨烏干達、盧安達和剛果民主共和國。」納杰巴博士解釋道，「在這幾個地區一旦發生流行病都會非常嚴重。」

「山地大猩猩對人類的疾病很敏感。」坐在長桌盡頭的芳瓊說，「某些疾病例如一般感冒，對人類似乎沒什麼害處，而大猩猩要是染上人類的感冒是會死的。」

現在克魯茲明白芳瓊為什麼堅持范德威克博士生病就該留在船上了。

「為什麼不禁止外人進入公園呢？」菲力普問。

「有那麼簡單就好了。」納杰巴博士兩手指尖相抵，在他的盤子上方搭成一頂小帳棚。「遺憾的是，導致山地大猩猩今天會面臨這種風險的做法，一開始是為了拯救牠們的。我們利用生態觀光的收入來養護國家公園，並保護大猩猩。當然對遊客可能造成的問題也採取了預防措施。除了用許可證來管制人數之外，也限制遊客只能去看那些已經習慣了人類的大猩猩。入園遊客一律要戴口罩，與大猩猩至少保持八公尺的距離。但大猩猩還是有很多別的途徑能接觸到人，各位明天登山的路上就會看到，公園的周圍都是村落。居民為了耕作，把森林一路砍伐到國家公園的邊界上。大猩猩有時候會跑進香蕉園去覓食。多年來爆發過很多次疥瘡，這是蟎引起的一種皮膚感染，對大猩猩來說是致命的。牠們會接觸到蟎，就是因為碰了掛在洗衣繩上的衣服和毛毯。」納杰巴博士瞇起眼睛看著探險者。「所以我想請問各位，我們要怎麼共存？要怎麼找出那個平衡點，讓人類和大猩猩都能好好過日子？」

大家都在等納杰巴博士揭曉答案，但他沒再說話，只是逕自端起咖啡。

晚餐後，詹迪帶探險者去看今晚過夜的地方。木屋最裡面的兩個小房間已經架好了吊床，一間給男生，一間給女生。進了房間，克魯茲等在一旁讓菲力普和阿里先選床位。他很慶幸他們把靠窗的吊床留給他。準備就寢以前，他傳了兩封訊息，第一封告知瑪莉索姑姑，媽媽的線索指示他們去納米比亞。他姑姑知道了才能通知艾斯坎達船長，並且把這個地點排進他們的課程裡。第二封訊息傳給蘭妮、亞米和莎樂：

破解媽媽的密語了！回去再解釋！愛你們，克魯茲

莎樂看了一定會瘋掉。

克魯茲還沒拉開行李袋的拉鍊，就看到芳瓊探頭進房間。她繫著一條西瓜圖案的頭巾，戴著護目鏡、乳膠手套，穿了一件白色圓點的橘色圍裙，上面寫著：**科學就像魔術，只不過是真的！**芳瓊對克魯茲勾勾手指：「我們還有事情要做。」

看來他別想早睡了。

來到木屋另一頭的小實驗室，芳瓊已經在角落架好器材。她遞給克魯茲一副護目鏡和一雙防護手套，和她的一模一樣。哎喲！他正要戴上護目鏡，不小心彈到自己的臉。克魯茲很緊張——甚至比當初芳瓊教他用鯨豚通用溝通頭盔和鯨魚對話的時候還要緊張。他不想犯錯。

「我已經替納杰巴博士的團隊裝好藥鏢，但還需要替我們自己的隊伍裝填霧化器。」

「霧化器？」

「就是噴霧罐。」她假裝對著空氣噴水，「探險者要在每隻大猩猩附近的空氣中噴灑抗病毒劑，讓牠一呼吸就能吸進噴霧。」她背對著他說，「你去拿霧化器好嗎？放在桌上的盒子裡。我去拿托盤。」

克魯茲輕手輕腳地在桌上翻找，總算找到一個盒子，裝著大約二十四支小噴瓶，每支大概和粗麥克筆的筆蓋一樣小。芳瓊走回來，把一個透明塑膠托盤擺在他旁邊的桌上，上面有格狀排列的孔洞。她旋開霧化器的上蓋，把下段插進那些孔洞裡。哦，他懂了！托盤會支撐瓶身，你注入液體時就不必一直拿著噴瓶。克魯茲照她的示範，一個洞放一個瓶子。下一步，芳瓊遞給他一根試管，裡面裝著混濁的粉紅色液體。克魯茲聯

想到粉紅檸檬汽水，但他知道喝下去可就慘了。「請把每個都倒滿到瓶內的刻度線。」她說，「你繼續裝，我來調配雨林香氛，用來掩飾探險者的行蹤。」

克魯茲很怕把藥劑灑出來，盡量放慢速度傾倒，但他的手還是忍不住會抖。戴著手套抓東西感覺就是不對勁。克魯茲的護目鏡逐漸起霧，也感覺到斗大的汗珠沿著他的太陽穴往下流。這壓力太大了，他做不到……

一隻手伸過來穩住他的手。「別急，慢慢來。」芳瓊說。她帶著他替幾個瓶子注滿液體，才把手放開，看著他把剩下的裝完。「你做得很好。」

「我……很對不起，芳瓊。」克魯茲把試管放上試管架，「你一定以為我對這些科學的東西應該很拿手才對……因為我媽媽的關係。」

「克——魯——茲。」芳瓊拉長音節叫他的名字。「借用你的話，沒人天生就擅長這些『科學的東西』。就算你對一件事有天分或是熱情，專門技術還是要學過才可能會。而且沒有人期待你成為別人，尤其是我，大家只希望你做自己。」

他死盯著眼前的粉紅色液體。「我不想讓任何人……失望。」

芳瓊把護目鏡推到額頭上，手撐在桌上俯低身子。「我不認識你媽媽，很遺憾我必須這麼說。我也不認識你爸爸，但我認識你姑姑。我可以告訴你，你想讓她失望還得多多加把勁才行。在你還沒入學以前，她幾乎逢人就誇讚你是多麼優秀的學生。」

克魯茲抬起頭。「真的嗎？」

「有幾次，我看到她準備寄給你的明信片——你知道吧，就是要你破解密碼的那些？」芳瓊咯咯笑了起來。「她說啊，她每次都要設計得更難一點，不然你三兩下就想出來了。」

想到他姑姑，他漸漸放鬆下來。

芳瓊歪著頭看他。「至於我對你的看法嘛……」

克魯茲神經立刻又繃緊了起來。

「今天早上在觀測甲板看到范德威克博士病懨懨地趕來的時候，如果在那裡的探險者不是你，而是其他任何一個——」芳瓊一手在空中揮了揮，「現在只會有我一個人在這裡了。」

克魯茲不知道該不該相信她，因為其他的探險者有一個正是他聰明的室友。但他當然想要相信她的話。

「你在這裡倒是提醒了我……」芳瓊把手伸進黑色行李箱，拿出填充液體的泡泡紙裹住的章魚彈。她拆開外層，把黑色球體遞給克魯茲。「這應該是你的東西。」

克魯茲把章魚彈塞回口袋，手掌心感覺到一個尖尖的東西。**魅兒！**克魯茲小心翼翼地撈出迷你蜜蜂和她的斷翅，拿在手上給科技實驗室主任看，向她解釋他在船上就是為了魅兒才跑去實驗室找她，結果不小心聽到她和納杰巴博士的對話。「你修得好她嗎？我……我是說，能請你修理嗎？」

她拿起無人機吃吃竊笑。「她？」

克魯茲臉頰一熱。「她有名字，叫作魅兒。」

芳瓊銳利的目光瞥向他外套上的蜂巢別針。「那個是——」

「魅兒的遙控器。蘭妮做的。」克魯茲話一出口就知道說錯話了。這下子芳瓊肯定會想知道蘭妮才剛剛加入學院，怎麼有辦法做出魅兒的遙控器。

芳瓊拿起蜜蜂無人機對著燈光仔細檢查。說不定她沒聽到他說溜嘴。「看起來是阿比斯 774-A 機型，用的是第二代石墨烯氣凝膠體——」

「所以說你願意——」

「等我們回到船上之後給我兩天。我不只能讓她完好如初，還能更進化。」

他鬆了一口氣。「謝謝芳瓊。」

「這段時間我們先把她保護好。」芳瓊拉開抽屜，拿出一個透明的小盒子，在底部塞了一團棉花球，把魅兒和斷翅放進去，蓋上盒蓋，再用從章魚彈拿下來的泡泡紙把盒子層層包住。「好啦，科技實驗助理，我們該繼續幹活了。」芳瓊戴上護目鏡，走向電腦去確定待辦事項。「看看我們做到哪裡了？……藥鏢，有了。霧化器，有了。雨林香氛，有了。下一項是檢查面罩，再執行蝴蝶無人機的數據診斷，確定光學感應器和傳送器運作正常，能把資料傳回獵戶座號。然後呢，因為我們離開以前要部署幾架日動機器人，所以那個也要先測試過……」她抬起頭。「太多了嗎？我或許該讓你回去睡一下，剩下這些我自己來——」

「我做得到。」克魯茲現在心情好多了，「我不會讓你失望，芳瓊。」

晶瑩發光的棕色眼睛在護目鏡後眨了眨。「這一點我從來不懷疑。」

隔天早上天空灰濛濛的，像是快下雨了。克魯茲和其他探險者，以及石川教授和芳瓊，動身前往無法穿越的布溫迪森林國家公園南邊的入口。納杰巴博士的獸醫團隊已經先出發了，他們走的是公園另一個入口，有一群已經適應人類的受感染大猩猩常在那附近出沒。

一位名叫庫齊的年輕巴特瓦族嚮導，率領探險者沿著研究中心後方的土路出發。大夥兒走在香蕉園之間時，庫齊告訴他們，他的祖先已經在這裡生活了數百年，他是家族中第一個上大學的人，主修生物學，專長是靈長類研究。克魯茲腳步輕快，每一步都讓手杖落在前一步的地面。庫齊發給他們一人一根雕刻而成、質地堅韌的細木棍，長度大約與肩同高。「進入國家公園以後就沒有路，只有山徑了。」他說，「用手杖比較容易在山徑上行走，下過雨的路可能會非常滑。」

布蘭迪絲和克魯茲並肩而行。所有探險者都穿上了雨披，戴著寬簷帽，所以克魯茲看不見她的臉。

「你的頭還痛嗎？」克魯茲問她。

「還好。」她用那種其實不太好，但又不想要別人多問的語氣回答。

布蘭迪絲搞不好生病了——會不會是被范德威克博士傳染了感冒？他們的手環會監測體溫、心跳頻率、呼吸頻率、血壓，甚至白血球數。假如布蘭迪絲真的病了，她的手環會向泰琳和獵戶座號船上的支援團隊發出警示。既然還沒人阻止她執行任務，克魯茲猜想布蘭迪絲大概只是長途旅行太疲倦了。至少他自己是真的很累。

他們逐漸接近國家公園的範圍，克魯茲看到了納杰巴博士前一晚描述的景象。在開墾者停止砍樹的地方，形成了一條明顯的邊界線。

「你們看！」席莉絲汀指著森林線，「還好有國家公園。」

「保護大猩猩很重要。」庫齊說，「不過，國家公園的成立讓我的族人付出慘痛的代價。」

「巴特瓦族是這個地區最早的居民。」石川教授解釋，「他們是——應該說曾經是——狩獵採集社會，已經在這裡生活了幾千年，一直和大猩猩和平共存。但二十世紀晚期保護區成立時，巴特瓦族被政府逐出叢林——而且有時候是用暴力手段。」

「我的曾祖父母和祖父母搬到了基索羅。」庫齊說，「但是很難生存，有些巴特瓦人靠著表演祖先的狩獵儀式和祭典給觀光客欣賞來維持生計。另外一些人，例如我父親，就選擇當大猩猩嚮導。」

「想像一下失去自己的家園、自己的文化、自己的傳統——原本的生活方式全部失去了，是什麼感覺。」石川教授說。

克魯茲想起昨晚餐桌上的話題。現在他明白納杰巴博士對探險者提出那個問題之後，為什麼沒有告訴他們答案。要在人類和大猩猩之間取得平衡，比克魯茲想得到的複雜多了。

一行人抵達登山口。入口標誌只有一塊破舊凹折的黃綠雙色金屬牌，上面寫著：**無法穿越的布溫迪森林國家公園**。**無嚮導同行者嚴禁進入**。進了登山口，他們就地休息片刻，讓芳瓊和獵戶座號上的探險者聯繫。天剛亮的時候芳瓊已經派出五架蝴蝶無人機去追蹤大猩猩，船上的支援團隊正在分析無人機回傳的第一手資料。等待的同時，他們全隊戴上微型通訊耳麥。細如鐵絲的耳機連著麥克風，大家用最輕柔的氣音就能對話。克魯茲把耳機在耳廓上鉤好，感受一下周圍的環境。殘破的山路兩側都是茂密的叢林，長滿了長綠樹、落葉樹、灌木叢、藤蔓和蕨類，克魯茲只看得見樹林裡一兩公尺，再深就幾乎看不見了。

Bwindi Impenetrable
National Park
Absolutely no entrance past this
point without a guide

「我們找到大猩猩的位置了！」芳瓊的聲音壓抑不住興奮。她緊挨著庫齊給他看傳來的影片，證實那就是他們要找的大猩猩群。

該動身了。

「依照無人機的資料來看，我們有很長一段山路要走。」石川教授跟大家說明，「而且大猩猩習慣四處遊走，每天大約會走上八百公尺，所以我們可能必須邊走邊調整路線。但是不用擔心，其他探險者會在船上幫我們分析追蹤資料。我們出發吧，庫齊和芳瓊帶隊，我殿後。」

山徑一開始夠寬，他們還能兩兩並肩前進，不過路幅很快就縮窄了，兩旁濃密的枝葉不斷掃過他們的肩膀和腳踝。克魯茲和布蘭迪絲並成一排，克魯茲在後。往森林裡走了幾公尺，茂密的林冠漸漸在他們頭上閉合，樹梢傳來鳥鳴聲，但看不見鳥的蹤影。他們也不時聽見猿猴的尖嘯聲，但是克魯茲一隻也沒看到。一行人上坡又下坡，辛苦地穿過一座又一座陡峭的峽谷。登山手杖確實能幫助人在泥濘的岩石山坡上踩穩腳步。

他們一路往山上爬，周圍高聳的松樹、冷杉和桃花心木漸漸稀少，換成比較矮小的落葉樹、竹子、草本和蕨類植物。一團團的霧氣像迷路的幽靈從他們身旁飄過。天空下起了小雨，在克魯茲的帽子上敲出輕柔的節奏。全隊又攀上一座山丘之後，來到一片開闊的青草地，克魯茲大口喘氣。他的視線越過布蘭迪絲往前看，看到芳瓊一手舉在空中——那個手勢是要大家停下來，別發出聲音。

克魯茲依然氣喘吁吁，感覺到心臟猛烈的跳動。難道他們走錯方向，跟丟大猩猩了嗎？好一會兒，周圍唯一的聲響只有啪答啪答打在樹葉和雨衣上的雨水，緊接著克魯茲就聽見芳瓊在他耳邊用氣音興奮地說：「大猩猩往這邊來了！」

克魯茲心跳加速。他終於要第一次親眼見到這種動物了。

布蘭迪絲忽然轉身，把雨衣的帽子向後掀開，克魯茲的笑意旋即消失。她臉色慘白，眼皮下垂，整個人往旁邊一軟。

布蘭迪絲要昏倒了！

10

克魯茲伸手牢牢抓住她的手臂，幫她站穩。

「你還好吧？」他低聲問道。

「嗯。我只是需要休息一下。」

「我們是不是該告訴石川教授——」

「不要，不要。我等等就沒事了。我在上一個休息點已經吃了阿斯匹靈，我也不想因為小小的頭痛而看不到大猩猩。」

克魯茲不知道怎麼做才好。他該去跟教授說布蘭迪絲不舒服嗎？不說的話她如果是生病了，可能讓大猩猩接觸到傳染源；但去說的話，如果她真的只是頭痛，她大概永遠不會原諒他。

克魯茲從她的背包裡抽出水壺，先旋開蓋子才遞給她。她對他翻了個白眼，但還是喝了。幾分鐘後，她的臉頰恢復些許紅潤，眼睛也多了一點光采。

他們再度上路。庫齊率領大家走進山頂附近的一座灌木林。克魯茲緊盯著布蘭迪絲走路的樣子。她腳步穩健，看不出踉蹌。石川教授一打出信號，布蘭迪絲、阿里、菲力普和席莉絲汀立刻展開行動，快速脫下雨披和雨帽，把身上的通訊別針、GPS別針以及所有髮夾和首飾拿下來，統統塞進制服口袋，然後拉開背包拉鍊，取出手套和附有氧氣罩的兜帽。芳瓊向克魯茲說明過，配戴氧氣罩能避免大猩猩接觸到人類的病菌，也能防止探險者吸入抗病毒藥劑。兜帽蓋過頭頂，遮住他們的臉和微型通訊耳麥。四名探險者動作迅速又俐落，勒格宏先生把他們訓練得很好。穿戴好裝備後，小隊成員肩並肩排成一列，芳瓊在每個人兜帽後面噴上她研發的雨林香氛，消除他們的氣味。克魯茲應該要跟在後面分發霧化器的，但他卻在原地呆望著草地對面，被出現在眼前的景象給迷住了：十二隻毛色黝黑、毛髮蓬亂的龐然大物正靈巧地穿過溼答答的草叢。他看得出大猩猩圓錐形的烏黑頭部和孔武有力的肩膀輪廓。即使四腳著地行走，體型仍比他想像中大了好多。

有人用力拽了一下他的袖子，把他拉回現實。看到芳瓊怒目瞪著他，克魯茲趕緊點頭道歉，開始分發霧化器。發給布蘭迪絲的時候，她對他露出微笑——是真正的微笑，不是硬裝出來的。一定是阿斯匹靈見效了。

芳瓊用電腦監看無人機拍攝的大猩猩影片。「我們一定要確定整群完全停下來了再行動。」她低聲說。

過了大約十分鐘，科技實驗主任豎起拇指。石川教授揮手示意隊員圍過來看芳瓊的電腦。他明確指定每個人負責哪一隻大猩猩。「記住，照我們在洞穴練習的方式做。」他說，「你們手上的霧化器沒有辦法偽裝，所以盡可能藏在手套裡。移動速度要慢。注意面罩右上角的藍色燈號，有隊友走進方圓一公尺內，燈號就會亮，小心不要相撞。非緊急狀況不要使用無線電。最重要的是，要互相信任。都清楚了嗎？好，開始吧。」

克魯茲湧起一陣強烈的羨慕。他好希望他也能去。

任務小隊的四名探險者一手放在影子徽章上，輕輕點了兩下。席莉絲汀和阿里閉上了眼睛，布蘭迪絲和菲力普沒有。克魯茲覺得他也不會閉眼。亞米和芳瓊都說過，仔細看著周圍環境，最能幫助盧氏錦的生質網做出精確的模擬。

布蘭迪絲把霧化器拿在胸口，手指緊緊地抓著。在克魯茲的注視下，四名隊員慢慢變色，融入周圍的雲霧林。變化的過程就像一道緩慢前進的海浪，從頭頂展開，向下漸進到肩、腰、雙腿，最後是他們的腳。現在四名探險者完全化成保護色，幾乎消失不見，和周圍的蕨類、樹葉和青草完美融合在一起，克魯茲幫芳瓊撿拾雨具時，一不小心還踩到某個人的腳。

「克魯茲！」席莉絲汀痛得大喊。

「哎呀！抱歉。」

石川教授打個手勢，指示大家出動，四名探險者往草地走去。克魯茲只能假設他們走出去了。他看不到人，只能看到長草叢往兩旁分開，以及腳印踏在潮溼葉片上的微微凹陷。

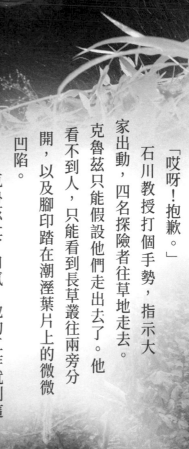

克魯茲吐了口氣。他的工作就到這裡。現在除了在原地躲好、觀察並靜待小隊回來之外，沒別的事。他取下耳機，垂掛在肩膀上。

克魯茲蹲在草叢後方拿出腦控相機，控制鏡頭對焦在大約九十公尺外的大猩猩群上。雨水在大猩猩被毛皮覆蓋的強壯身體上閃閃發光。有幾隻大猩猩窩在蕨葉下躲雨打盹，另外幾隻在找東西吃，克魯茲看到一隻大猩猩撕開一棵小樹的樹皮，吃裡面的蟲。牠把手指頭上的螞蟻舔起來，似乎吃得很開心，克魯茲不禁聯想到他和爸爸一起吃炸雞的樣子。年幼的大猩猩在旁邊玩耍，相互追逐、打鬧、翻滾。克魯茲拍了好幾張照片，接著他的鏡頭慢慢平移，停在一顆毛茸茸的小腦袋瓜上。是小寶寶！小猩猩身體貼著母猩猩寬闊的肩膀，兩條纖細的毛手臂圈住媽媽的脖子。成年母猩猩把寶寶環抱在腰際，輕撫寶寶的背，然後換了個姿勢，克魯茲瞥見一撮霜雪般的白毛。

他倒抽一口氣。「銀背大猩猩！」

所以那不是母猩猩，是公的！而且是這一群猩猩的領袖。

「他抱著他的兒子。」庫齊在他耳邊低聲說道，嚇了克魯茲一跳。原來庫齊舉著望遠鏡，一直蹲在克魯茲旁邊。「銀背大猩猩會保護他所有的孩子，陪小猩猩玩耍，但要是媽媽不在了，銀背就必須獨力照顧孩子，這個例子就是。」

「沒有媽媽？」克魯茲吞了吞口水。「怎麼會這樣？」

「被盜獵者殺了。銀背大猩猩從此只能自己照顧孩子。其他母猩猩不會收養孤兒，所以孩子成了父親的責任。他會確保孩子有得吃、有人保護。甚至會把小猩猩帶回自己的窩裡睡覺。」

可憐的小傢伙，克魯茲心想，他一定很想念媽媽。

小猩猩抬起頭，用純真的棕色眼睛望著爸爸。強壯的手臂把小猩猩攬得更近。銀背開始替兒子理毛，用牠巨大卻溫柔的手掌撥開小腦袋瓜上面的毛髮。克魯茲對大猩猩認識不多，但這個寶寶似乎不如其他小猩猩來得有活力，眼睛和鼻子看起來也水汪汪的。他會不會就是納杰巴博士提到的那隻生病的寶寶？

「他是不是生病了？」克魯茲問。

庫齊嚴肅地點點頭。

克魯茲希望他們來得還不算太晚。

銀背大猩猩像人類的爸爸一樣，輕拍寶寶的背，小猩猩也像人類的小寶寶一樣，在爸爸的臂彎中沉沉睡去。大猩猩和人類相像的程度，讓克魯茲有點毛骨悚然。他看到銀背大猩猩旁邊的灌木叢好像有樹枝被壓彎了，表示可能有某探險者正在那附近噴灑抗病毒劑，但他無法確定。

克魯茲呆望著那一對父子不知道看了多久，芳瓊拍他肩膀時他才回神。「他們回來了。」她說。

這麼快？

克魯茲走向阿里，他正好拉開兜帽。「我們成功了！」

石川教授伸出一根手指抵住嘴唇，提醒他們壓低音量。

菲力普和席莉絲汀也脫下兜帽。克魯茲忍不住笑出來。他們下半身的制服都還是保護色，三個人飄在他面前，活像三個和身體分家的頭。他左右張望，等著布蘭迪絲的頭冒出來。

「真的太酷了。」席莉絲汀小小聲地說，「我近到能摸到牠們。」

「有一隻差點碰到我！」菲力普也說道，「你有沒有看到牠們的手指頭，跟人類的好像？」

「耳朵和眼睛也是！」席莉絲汀喜孜孜地說。

「你們有噴到銀背大猩猩嗎？」克魯茲問，「還有他的寶寶？」

「有，兩隻都有。」席莉絲汀拔下手套，得意地說，「牠們是我負責的。」

「克魯茲，我現在能體會和鯨魚說話的感覺了。」阿里說，「那一定是全天下最棒的事！」

「嗯嗯。」克魯茲還在找他的隊友。「呃……各位，布蘭迪絲呢？」

大家頓時愣住。

「她可能還沒完成任務。」石川教授平靜地說，「再給她幾分鐘。」

探險者剛回來的興奮心情消散無蹤，他們回頭望向林間空地，大猩猩還在原地休息、覓食、玩耍。克魯茲舉起望遠鏡，尋找草地上最細微的動靜，看能不能看出布蘭迪絲往回走的任何跡象。「那裡！」他指向一處晃動的草叢。

「好像只是風。」菲力普說。

他說得對。一陣風把青草吹盪出漣漪。

兩三分鐘變成五分鐘，又拉長到十分鐘。

克魯茲覺得背上開始發毛。他不喜歡這種感覺。都這麼久了，他們早該有她的消息了才對。他正要去跟石川教授說，教授已經一手按住耳麥。「基地呼叫布蘭迪絲。請回答。」

沒人回答。

克魯茲的胃揪成一團。「芳瓊，盧氏錦能持續多久？」

「保護色效果和雨林香氛還要幾個鐘頭才會消退。她還不至於會被發現。」芳瓊拍拍他的肩膀。「她是個聰明的探險者。我相信她不會有事的。」

但克魯茲不放心，況且芳瓊要是知道他知道的事，恐怕就不敢這麼說。

「我們應該去找他。」菲力普伸手去拉他的兜帽。

席莉斯汀和阿里也準備行動。

「別動。」石川教授說。「已經有一個學生失蹤了，我不要再有人失蹤。何況你們打算怎麼找一個基本上等於隱形的人？」

三個人支支吾吾地低下頭。

「我可以連上她的 OS 手環，鎖定她的位置試試看。」芳瓊提議說，「不過這個地方太偏僻，我可能需要船上的支援團隊協助定位。」

「找亞米。」克魯茲說，「我在土耳其被困在山洞裡，是他連上我的手環的。」

「就這麼辦。」教授低聲下令。

芳瓊跪坐下來，把平板電腦放在腿上，低聲對著麥克風說：「芳瓊呼叫獵戶座號仜務支援小組。我們需要各位協助定位小隊成員。聽說亞米有這樣的經驗……」

教授和任務小隊聚集在芳瓊周圍。克魯茲靜不下來，自顧自沿著灌木叢邊緣往下走，利用腦控相機尋找布蘭迪絲。

他正在邁步的時候，有一個東西吸引了他的注意。那是一隻體型比較小的母猩猩，和他平行朝同一方向移動。大猩猩群在這裡待了將近一個小時，八成準備要走了。另一隻大猩猩也跟了上去，總共四隻族群裡比較年輕的大猩猩圍成一個半圓形，低頭不知道在看什麼，皺著濃密的眉毛，長滿皺紋的鼻子上下抽動。牠們歪著頭的樣子簡直就像發現了地上有什麼東西……

布蘭迪絲！

克魯茲努力阻止自己才沒有拔腿跑進草地。他在隊伍收藏裝備的位置附近，離小隊的其他人有十五公尺，從這麼遠的距離喊人過來，一定會驚動大猩猩。克魯茲笨手笨腳地把耳機戴上。

「……泰琳說，你們下船以後，我們從她的手環接收到的讀數就一直斷斷續續。」他聽見亞米的聲音。「手環要是壞了就不容易追蹤她的位置，但是我會盡力。」

「亞米！各位！」克魯茲打斷對話，「我看到布蘭迪絲了。我覺得應該就是。她在大猩猩群附近的地上。」

亞米沒有回答。克魯茲抬起頭，看到芳瓊那群人沒人回話或回頭。

「你們最後一次接收到完整的生物讀數是什麼時候？」芳瓊又問。
「呃⋯⋯等一下。」亞米說，「我們正在查。」
沒人聽到他說話嗎？
「喂？亞米？芳瓊？」克魯茲的麥克風一定是故障了。他可以跑回去，但是會浪費寶貴的時間。要是布蘭迪絲生病了，也會傳染給大猩猩。為了她的安危著想，也為了大猩猩的健康著想，他必須把她救出來。不能等了！
克魯茲的視線落在芳瓊堆在行李上方的備用兜帽和手套。
他敢嗎⋯⋯？
克魯茲撲過去拿起裝備。他緊張到呼吸都有困難，更別說思考了。他盡全力回想任務小組的所有動作和先後順序，雙手抖得很厲害，好不容易才摘下通訊別針和 GPS 別針。克魯茲把別針都收進口袋，戴上手套和兜帽。努力讓呼吸緩和下來，屏除雜念，然後輕點兩下影子徽章。就在變形程序展開的那一瞬間，他感覺到一隻手按住他的肩膀。
「你在做什麼？」席莉絲汀驚呼道，她全身除了頭和手都還罩著斗篷。菲力普飄浮的頭也在她旁邊。
「救布蘭迪絲。」克魯茲說，「大猩猩找到她了。我知道她在哪裡。」
「石川教授，克魯茲說他應該知道布蘭迪絲在哪裡。」菲力普對著麥克風低聲說道，「我們可以去救她嗎？」

「怎麼……？芳瓊正在……等我一下。」教授說。至少克魯茲只聽到這些。他扯下他的耳機。「我的耳麥壞了。我現在沒時間解釋，我只能說，這是攸關安危的緊急事件。你們如果要跟我走，現在就要走。」

「我加入。」席莉絲汀說。

「我也是。」菲力普說。

他們各自帶上兜帽和手套。

「我們受過訓練，知道怎麼做。」席莉絲汀對克魯茲說，「手牽著手。這樣我們就算穿著斗篷也能走在一起。」

克魯茲感覺到她的手指滑進掌心，也聽見菲力普跟在她後面。

「克魯茲，你帶路，你知道要往哪裡走。」席莉絲汀說，「停下來之前捏我的手。我會捏菲力普的手把訊息傳給他。如果不得不說話，務必放低音量。大家清楚了嗎？」

「收到。」菲力普回答。

「收到。」克魯茲用細小的聲音說。

他們開始行動，半走半跑地穿過草地。克魯茲來到距離大猩猩不到幾公尺的地方，捏了一下席莉絲汀的手。她捏回來表示收到。克魯茲放慢速度，一點一點地往大猩猩挪過去。大猩猩圍成半圓形坐在地上，入迷地看著中間地上的一個點，樣子不像生氣或害怕，只是單純好奇。克魯茲接近時，牠們的頭也稍微轉了過來，棕色的眼睛直直望著他，好像在端詳什麼。但是牠們不可能看得到他吧，不是嗎？

克魯茲在雜草被壓平的位置旁邊蹲下來，右手還握著席莉絲汀的手，左手開始在地上摸索，一吋一吋地拍著潮溼的青草。

拍拍……拍拍……拍拍……

他的大拇指碰到一個東西。他用手掌去摸，是橡膠做的，表面有刻痕——是布蘭迪絲靴子的鞋底！

克魯茲把席莉絲汀的手拉過來，讓她也能摸到鞋子。從布蘭迪絲腳的位置來看，他判斷她是往右邊側躺。「我去她的左邊。」他小聲對席莉絲汀說，「你帶菲力普去她右邊。我們想辦法扶她起來。」

席莉絲汀捏了一下他的手表示收到，隨即把手放開。

克魯茲趴在布蘭迪絲背後的地上，摸到了她的腿、手臂、肩膀和脖子。他低下頭，湊到她耳朵的大概位置。「布蘭迪絲？」

她發出一聲微弱的呻吟。

「你能走嗎？」

她咳了一下。「我……盡量。」

他小心抬起她癱軟的手臂，繞過自己的脖子。依對面雜草的壓痕來看，克魯茲判斷席莉斯汀和菲力普已經走到她的另一側了。三人合力把布蘭迪絲扶起來。布蘭迪絲的重心靠

在克魯茲身上，努力想往前跨步，但是使不出力。她就像一個癱軟的布偶，拖著無力的雙腳，全身重量大半都靠克魯茲、菲力普和席莉絲汀支撐。他們搖搖晃晃地沿著過來的路往回走，好不容易回到樹叢後面，扶著布蘭迪絲躺下，克魯茲已經氣喘如牛。他先拉開自己的兜帽，然後才輕輕掀開布蘭迪絲的帽子。

她面如死灰，嘴角發青，氣息又淺又急促，同時發出混濁的雜音，且全身都在發抖。到底怎麼回事？他們身在雲霧林的中央，究竟要怎麼幫她？

淡藍色的眼眸緩慢地搜尋他的目光。「我噴過了……」布蘭迪絲氣若游絲地說，「我……我的大猩猩……跟教授說……任務完成了。」

「我會的。」克魯茲把湧上來的哽咽硬吞回去。「放輕鬆。你表現得很好。你已經安全了，一切都會沒事的。布蘭迪絲？布蘭迪絲？」

他懷裡的她已經沒有一絲氣息。

11

克魯茲是最後一個下直升機的。

腳一踏上獵戶座號直升機坪上巨大的字母A尖端，克魯茲立刻箭步飛奔到觀測室。之前他們從森林一路跋涉回到研究中心，過個夜坐車回基索羅，再搭兀鷲號專機回來——回程的路和去程如出一轍，但感覺起來卻像花了兩倍時間。最難熬的是他們完全不知道布蘭迪絲的情況，只聽說康培拉當地的醫生正在全力救治她，這個消息等於沒有消息。克魯茲只能希望到了此刻，泰琳或瑪莉索姑姑已經接到芳瓊的音訊。

芳瓊陪同布蘭蒂絲搭機前往當地醫院。克魯茲永遠忘不了醫療直升機從草地上起飛時芳瓊的表情。隔著玻璃窗，他們眼神交會的那一瞬間，克魯茲看到芳瓊・奎爾思臉上的神情是他印象中從來沒見過的，那是恐懼。這個一向面無懼色的天才科學家，不怕有毒生物，不怕危險的化學物質，不怕那一坨一坨有心跳的敏感萃取物……這時候竟然害怕了。

克魯茲匆匆走進獵戶座號頂層甲板的橢圓形瞭望臺，以為隊友會在那裡，或者至少見到瑪莉索姑姑。結果他們都不在。只有愛肯伯醫生一個人，穿著災害性物質連帽防護衣。克魯茲走進觀測室，看到石川教授、席莉絲汀、菲力普和阿里都戴上了口罩和手套。

愛肯伯醫生也遞了一組給克魯茲。「各位依規定須接受隔離。請所有人立刻到醫務艙報到。」

「我們全部的人嗎？」克魯茲問道。他指指機長羅克薩斯，他正推著疊滿行李袋和背包的行李推車。「那──」

「他也是，連同兀鷲號的所有機組人員。」

席莉絲汀不解地歪著頭。「隔離──什麼意思？」

「意思就是我們不能回寢室。」菲力普說。

「沖個澡也不行？」阿里哀怨地說。

「各位必須先隔離，直到我們查明布蘭迪絲暈倒的原因。」愛肯伯醫生一邊解釋，一邊按下電梯按鈕。

「她還好嗎？」克魯茲問。

「還有一口氣在。」船醫表情嚴肅。

那是什麼意思？克魯茲不敢問，怕聽到他不想聽的答案。他覺得胸口發悶。都超過二十四小時了，他們早該查出她出了什麼事吧！

「請把你們的背包、行李袋和隨身物品全部留在這裡。」克魯茲正要伸手拿背包時愛肯伯醫生說，「我們會妥善保管。我的醫療團隊在醫務艙等候各位。」

克魯茲扭著手指把手塞進另一隻手套，走進了電梯。石川教授跟著進來，站在他旁邊。克魯茲頭低低的，不敢往上看，他知道教授在生他的氣。石川教授雖然沒有斥責他，但回程幾乎沒和他說話，更加證明了教授在生氣。正常來說，克魯茲會等教授下令再執行救援計畫，只是這次時間緊迫。然而也只有克魯茲一個人知道時間有多緊迫。

電梯門開了。石川教授先走了出去，一眼也沒看克魯茲。

愛肯伯醫生的助理彭德莉娜・安托諾夫在接待區迎接他們。她也穿著生化防護衣。「大家好，很高興見到你們。」彭德莉娜戴著有長方形透明框的頭套，一雙藍眼睛從裡面看著大家。「別在意這套衣服，這只是保險起見。請跟我來。你們每個人都要淋浴。」她領著他們經過診療室往後面走。「但淋浴間只有一間，所以你們要輪流。請把所有衣物和制服交給我，我們會徹底消毒乾淨。」

他們一個接一個沖了澡，換上彭德莉娜準備的乾淨衣服。給探險者穿的是學院T恤、棉褲和一雙灰色毛絨拖鞋襪。克魯茲把制服交出去之前，偷偷把媽媽的日記和章魚彈從外套口袋掏出來，塞進棉褲口袋。接著他正要把通訊別針拆下來，被彭德莉娜看到了。她的頭在橡膠頭套裡搖了搖。「抱歉，」她張開手掌伸向他，「別針和徽章也要消毒，明天會連同制服、背包和行李袋一起還給你。」

克魯茲嘆了口氣，把通訊別針放進她手裡，跟著她走進一間診療室。

「OS手環顯示，你的生命徵象正常，這是好現象。」醫師助理說，「不過我們希望再次確認。」她量了他的額溫，檢查了耳道和口腔，聽診心臟和肺。

「若有以下症狀請告訴我：暈眩、虛弱、冷顫、發燒、呼吸困難，反胃？」

克魯茲摸著咕嚕咕嚕叫的肚子，「肚子餓算嗎？」

彭德莉娜莞爾一笑。「我們先檢查，克里斯多主廚晚點會送吃的上來。馬上就好了。我看看你過去幾天手環的讀數。」她看著資料，眉頭慢慢蹙了起來，幸好幾分鐘後，彭德莉娜似乎對克魯茲的健康狀態很滿意，把他交給另一位叫瑞雪兒的護理師。

「請跟我來。」瑞雪兒也穿著防護衣。她帶他走出診療室，經過護理站來到走廊盡頭一扇厚重的玻璃門前。門上寫著**隔離艙 1-2 號**。

「到家了。」瑞雪兒用鑰匙卡刷開門鎖，揮手喚他進來。

走進隔離艙沒幾公尺，又有兩道玻璃門，一道通往艙房的左半邊，另一道通往右半部。護理師示意克魯茲去右邊的一號房。他大略看了一下——其實也沒什麼好看的，只有兩張單人床，以及一間和飛機上的洗手間差不多大的浴室。他的床頭牆上有一片層板，上面是

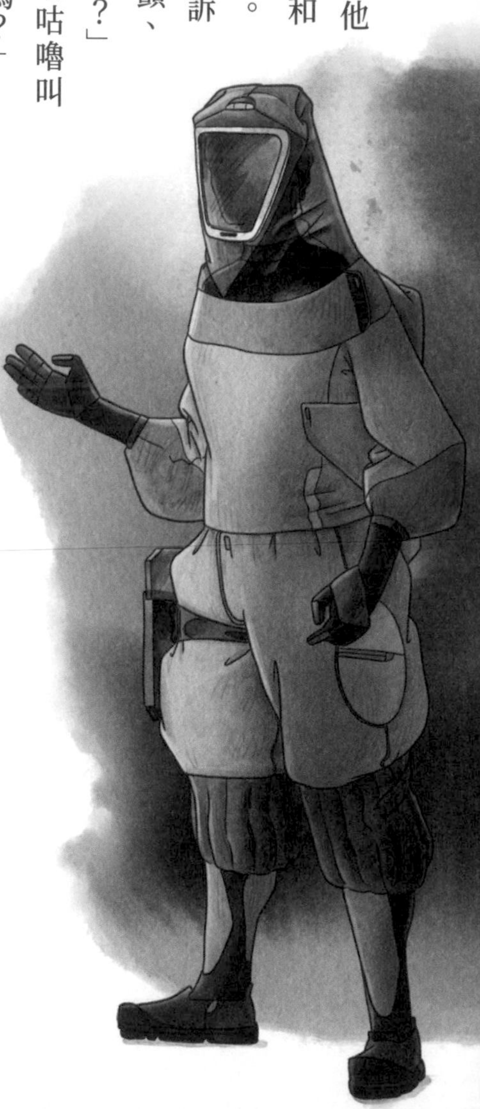

一盞圓形閱讀燈。沒有舷窗。三面牆和天花板都包覆著不鏽鋼，整個空間就像一個巨大的洗手槽，更像的是床和床之間還有一個排水孔。

「我們會監看你的 OS 手環。」瑞雪兒說，「手環會把讀數傳到護理站的電腦，我們有人會定時查看，但要是你突然覺得不舒服，或者有任何需求，不要客氣，隨時按下床頭的紅色按鈕就會有人來了，了解嗎？」

「好。」

「藍色按鈕可以和二號房的室友說話。層板上也有平板電腦……」

平板電腦？克魯茲聽了馬上去拿。

「你可以瀏覽圖書館的電子藏書、玩遊戲、聽音樂、做功課，隨便你想做什麼……」

他該打給誰？亞米？蘭妮？先和瑪莉索姑姑和爸爸報平安可能比較好。克魯茲瀏覽螢幕，想找視訊通話鈕。

「只有一件事不能做，不能聯絡任何人。」瑞雪兒說。

他猛抬起頭。「不能嗎？」

「我們希望病人好好靜養。」

「可是我必須聯絡——」

「你姑姑、你家人、你的室友和導師都已經收到目前情況的通知了。放輕鬆，克魯茲。只要確認你出去是安全的，我們就會釋放你。」瑞雪兒走出隔離間，玻璃門自動滑上。

「釋放我。」這個說法讓他覺得自己好像犯人，尤其門又被上了鎖。克魯茲躺下來，舉起手腕查看他的OS手環。他真該請亞米教他怎麼駭進這個東西。他轉頭看向玻璃隔板。另一個隔間內部和他這間一模一樣。兩邊都可以拉上門簾保護隱私。克魯茲敞著門簾，心想不知道他的室友會是誰：阿里、菲力普，還是——他吞了吞口水——石川教授。

克魯茲抓起平板電腦，登入帳號，開始讀生物學關於食物鏈的指定教材。他一定要表現得比好還要好，才有可能重拾石川教授對他的青睞。他讀到生物界的分解者，也就是分解腐爛有機質的生物，例如蚯蚓、蛞蝓、螃蟹和兀鷲。內容很有趣，但他老是無法專心，每每讀完一頁又得回頭重看一遍。克魯茲放下電腦。

隔離艙最外面的玻璃門開了。

又是瑞雪兒，這次她帶著阿里進來。「到家了。」她指指左邊的房間，然後對阿里重複了一遍剛才跟克魯茲說過的話。瑞雪兒離開以後，阿里躺倒在床上。

克魯茲按下藍色通話鈕。「嗨，二號房。看來我們是室友了，至少這幾天是吧？」

「嗯。」阿里抬起手臂放在臉上。

「你還好嗎？」

「不太好。」

克魯茲坐起來。「要我呼叫——」

「我沒生病。」

他一定是在煩惱。「你是不是怕我們可能也被傳染？」克魯茲追問。

阿里沒回答。看來大概是吧。看來他不想聊這件事。克魯茲把枕頭拍鬆，撫平毛毯的皺褶。從襪子趾尖扯下一根鬆脫的線頭纏繞在食指上。沒錯，他快無聊死了。

「我真笨。」阿里放開手臂。「我還以為這次終於要換我出頭了。」

克魯茲鬆開手上的線頭。「什麼意思？」

「你沒發現？也是啦，你哪會注意到？」

克魯茲不懂阿里在說什麼。

「每個人都比我先想到答案。」阿里瞪著金屬天花板說，「我總是要到下課鐘響**以後**，才想到好問題問老師……或者比賽輸了**以後**，才想到剛才可以怎麼贏。但是，這次我入選援助大猩猩的任務小隊，我終於覺得我不再只是在別人後面苦苦追趕。這一次換我超前了，你懂嗎？」

「大概懂吧。」

「結果你又把我推到後面去了。」

「我？」克魯茲坐得更直了。「關我什麼——」

阿里用手肘撐起身體。「協助救出布蘭迪絲的應該是我。我才是任務小隊的成員，不是你。」

「我知道，阿里。可是事情發生得太快——」

「要不是范德威克博士剛好生病，你根本就沒機會一起去。你只不過是占了天時地利的便宜而已。」

他無法否認。就這一點倒是真的。

「能參與任務，對你來說還不夠好嗎？」阿里愈說愈大聲，愈來愈生氣。「你就非要把我的位置也搶走？」

克魯茲一個箭步衝向隔開他們的玻璃板。「不是這樣……我沒那個意思……我沒有要取代你在團隊裡的位置。」

「但事實就是這樣。」

「對不起，阿里……當時最要緊的是救出布蘭迪絲，她需要我——我們。」

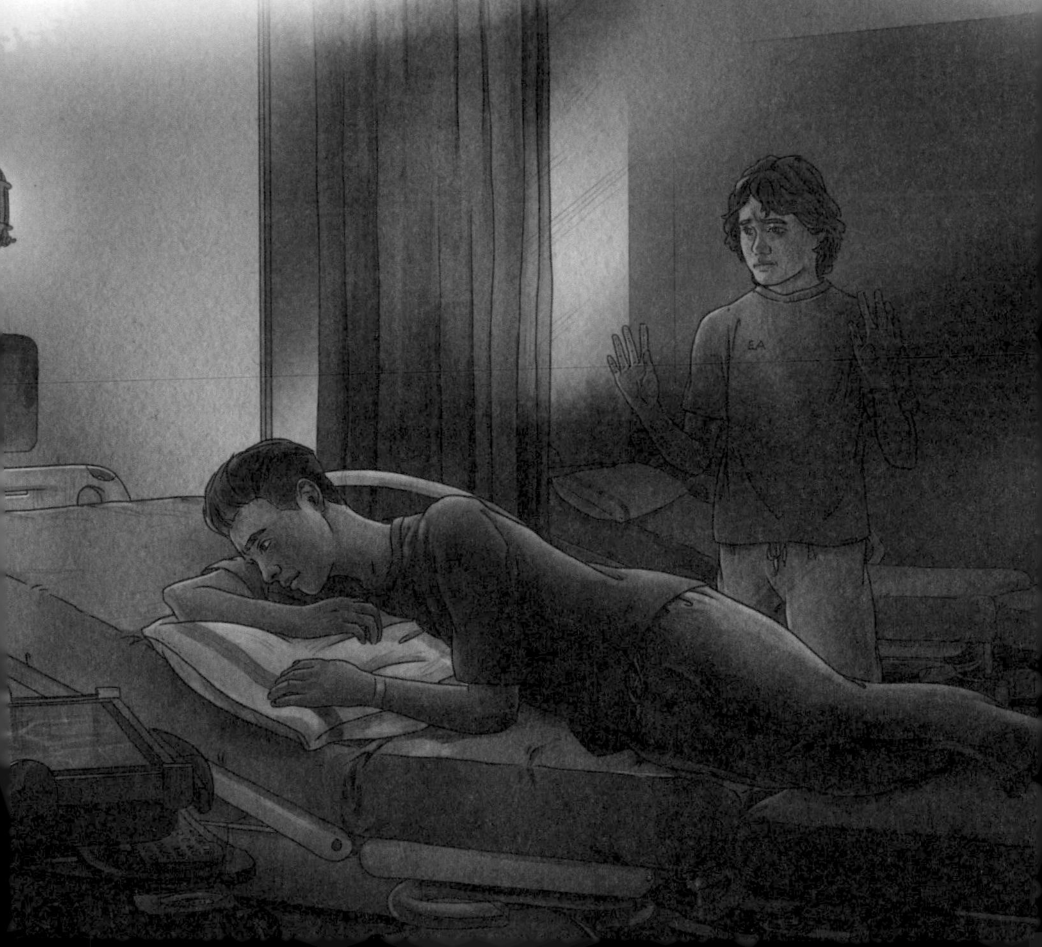

「我看是你需要她吧。」

克魯茲感覺一股血直衝腦門。「你這話是什麼意思？」

「意思是你一看到機會就想拿到手——不對，是搶到手，這樣講比較貼切。」

「當時你如果和席莉斯汀和菲力普一起來，我們就會一起去救她了。我們本來可以一起行動——」

「可是事實就是沒有。克魯茲，你知道你的毛病嗎？你就愛逞英雄。」

「你說什麼？」

「你凡事都想表現，老是想當救世主，也不管會不會傷害到別人，例如我。」

「才不是這樣。我從來沒有想要——」

「反正已經是定局了，一切都結束了。你修補不了的，所以不用講了。二號房通話結束。」阿里轉身面向牆壁，用力把枕頭打平。二號房的燈暗了下來。

克魯茲愣在原地，呆望著阿里的背。阿里真的認為克魯茲會故意排擠他？看來是吧。克魯茲不知道怎麼做才能修補。他覺得難過透頂。

克魯茲拖著腳走進浴室刷牙，然後爬上床。他最後做的事是脫下拖鞋襪扔在地板上。

「熄燈。」

黑暗中，克魯茲凝視著隔壁床上隆起的人形。他要怎麼做才能讓阿里明白，他根本無意取代他的團隊地位。只是事情接二連三，最後就……

演變成這樣。

石川教授生他的氣。阿里生他的氣。等其他探險者聽到阿里的說法以後，八成也都會生他的氣。

克魯茲翻個身，面向不鏽鋼牆，整個人縮起來變成一個球。瑞雪兒端晚餐來的時候他假裝已經睡著。反正他不覺得餓了。

克魯茲透過閉著的眼皮，感覺到光線閃爍，有一瞬間，他以為自己頭靠在車窗上睡著了。他想不起他和爸爸要去哪裡，是不是要去納維利維利灣吃手工冰淇淋？他爸爸永遠都點熱帶水果冰沙，裡面有百香果、橘子和芭樂。克魯茲每次都選夏威夷豆口味。開車去吃冰的路上，克魯茲總是說這次一定要嘗試新口味，例如薑汁奶油，或紫薯口味，那是經過改良栽培、呈現鮮豔紫色的芋頭。但每次最後他都還是點了夏威夷豆。這是最安全的選擇。克魯茲眨了幾下眼皮，睜開眼睛。

眼前沒有車子，沒有樹縫之間灑下的斑斕陽光，更沒有冰淇淋。

他還在洗手槽般的隔離室裡，周圍黑漆漆的，只有手電筒的光束在他臉上跳動。克魯茲看到玻璃門外至少有兩個人，不過只看得出他們在走廊微弱燈光下的影子。他無法百分百確定他們是誰，但大概猜得出來。

克魯茲舉起手在眼前擋光，另一手掀開被單。腳後跟一碰到冰冷的地板，一股寒顫立刻沿著背脊竄上來。克魯茲猜得沒錯，來人正是亞米和莎樂。手環顯示現在時間凌晨十二點十九分。他們怎麼有辦法通過護理站？蘭妮沒有一起來，他有預感，她一定在其他地方負責調虎離山。

亞米指著門邊交談用的通話鈕搖搖頭，比了一下他的背後。克魯茲懂他的意思。他們不能出聲，以免驚動值班護理師，她就坐在門外不遠的電腦前。

莎樂舉起她的電腦。漆黑的螢幕上，螢光綠色的粗體字寫著：**你沒事吧？**

克魯茲向他們豎起大拇指，然後趕緊也拿來電腦，問了個他一直想問的問題：**布蘭迪絲還好嗎？**

他們聳聳肩。

亞米在他的電腦上輸入一行文字：**有消息我們會告訴你**。

「謝了。」克魯茲用嘴形無聲地說。

莎樂再次舉起她的螢幕：**對了，解開密碼卻不告訴人，太不公平了！**

克魯茲憋住笑。**他就知道**她一定氣炸了。

莎樂又在打字。她嘿嘿一笑，然後把螢幕貼上玻璃：**納米比亞**。

他的下巴掉下來。她知道了！

你也解出來了？克魯茲輸入。

莎樂得意地點頭，不管一旁的亞米猛搖頭。

克魯茲靈光一閃，輸入新的一行字：**瑪莉索姑姑？**

亞米橄欖綠色的鏡框變成亮粉紅色。克魯茲猜對了！是姑姑告訴他們的。

亞米的螢幕出現另一行字：**納米比亞的哪裡？**

這一問，換克魯茲聳肩了。

亞米又輸入新的訊息：**我們會找答案**。

莎樂再次舉起電腦。**蘭妮向你問好。她在遙遠角落轉移護理師的注意力**。

克魯茲搖搖頭，用他唯一能做到的方式問：**她怎麼做？**很快就得到答案。**她駭入醫務艙的電腦。護理師現在正忙著搞清楚，她的螢幕怎麼會不停跳出克里斯多主廚的雙層乳脂布朗尼食譜**。

克魯茲噗哧笑了出來。

亞米低頭看了一眼電腦，心情眼鏡出現灰色泡泡繞著鏡框打轉。他往旁邊轉頭對莎樂說了句話，克魯茲憑著唇型讀出他說：「我們該走了！」

莎樂把手掌平貼在玻璃上。她不必用嘴形說任何話，也不必在電腦上輸入文字。她的表情已經說明了一切。她很高興見到他。克魯茲隔著玻璃用手貼住她的手掌。他希望自己的表情也充分說明，他有多開心他們來看他。莎樂退後一步。亞米握起拳頭，用指關節抵著透明隔間。克魯茲也一樣，用他的指關節碰了碰亞米的拳頭。

他的朋友快步離開，還沒走到護理站，就先溜進了側面一條通道，克魯茲不知道會通到哪裡，但他相信亞米一定知道。他這個室友熱愛研究結構圖。克魯茲遲早會問亞米，他對B層甲板那扇密門和魅兒拍到的神祕女子究竟知道些什麼。

克魯茲在冰涼的地板上踮腳跳了三大步回到床上。

他鑽回棉被底下，嘴角按捺不住笑意。克里斯多主廚的布朗尼食譜！蘭妮未免太幽默了。還有他們，冒著惹泰琳和護理師大發雷霆的險，偷偷溜進來看他？實在太莽撞，太瘋狂，太……

太感動了。

12

克魯茲一覺醒來，隔壁間的床已經空了。

阿里的浴室門開著，燈也關了。克魯茲按了三下呼叫鈕。他使勁套上拖鞋襪，也不管裡外穿反了，一個箭步衝向門口，身體貼在玻璃門上。有個人影走近，是一名金髮男子，穿著灰色短袖V領上衣和同色短褲，沒戴口罩，沒戴手套，也沒穿生化防護衣。對方通過第一道門以後，克魯茲看見他的名牌：護理師，B·岡納。對方按下克魯茲房外的通話鈕，傳來低沉的嗓音：「早安。你早餐想吃什麼？」

「阿里呢？」克魯茲大喊。「怎麼回事？他生病了嗎？」

「阿里很好。」岡納慢條斯理地說，「他很早起，吃完早餐我們就送他回寢室了。醫生說你吃過東西以後也可以走了。」

「也就是說……」克魯茲手按胸口。「我沒生病？」

「是的。」岡納像是要證明他的話，嗶了一下鑰匙卡，隔開他們的門應聲滑開。

是真的。克魯茲自由了！

「布蘭迪絲呢？」克魯茲屏住呼吸。

「沒有新消息，我很抱歉。」岡納回答，「但是你也不必想太多。除非她的家人同意海陶爾博士對外透露，不然我們也無法得知詳細情況。」

克魯茲點頭。他瞄到手環顯示的時間，八點二十九分。「糟糕，我趕不及去上課了。」

「你放心，不會的。」岡納說。「石川教授和你們五個都在這裡，班乃迪克教授和另外四個探險者也感冒，泰琳覺得今天的課程最好延期。好啦，我重問一次好了。你今天早餐想吃什麼？」

克魯茲點了炒蛋和吐司，但只勉勉強強吃了幾口。他正配著冰牛奶把早餐吞下肚時，透過磨砂玻璃杯的下半部，看見一個粉紅色衣服的黑髮人影。

他急忙放下杯子，在餐盤上發出框啷一聲。「瑪莉索姑姑！」

克魯茲推開滾輪餐桌，還來不及下床，姑姑已經走到旁邊，張開雙臂環抱住他，抱得比平常更緊也更久。她放開之後說：「你身體還好嗎？」

「好得不得了。」

「布溫迪森林發生的事，石川教授跟我說了。你真的在影子徽章的掩護下，跑進草地救出布蘭迪絲？」

「跟席莉絲汀和菲力普一起。」他補充說。

他姑姑咯咯笑了。「你們當自己是超級英雄啊？」

「我不是英雄，瑪莉索姑姑。其實布蘭迪絲出事……我原本是可以預防的。」

她直起身子。「我不懂你的意思。」

「我知道布蘭迪絲身體不舒服。她想假裝沒事，但我看得出來……」他絞著手說，「她那麼期待看到大猩猩，所以我……我以為假如真的有狀況，她的手環就會通知泰琳。」

「是應該要通知才對。」他姑姑說，「可是不知道為什麼，我們一直接收不到你們的手環讀數。我不知道是因為距離、高度，還是技術故障，但這也害我們在布蘭迪絲失蹤時一直無法透過她的手環定位。」

姑姑碰了碰他的手臂。「你不用太自責了。人都有頭痛不舒服的時候，你也不知道情況比預期嚴重。」

或許吧，但明白這一點克魯茲並沒有比較好過。

瑪麗索姑姑環顧他這間不鏽鋼隔離室。「護理師說，你吃過早餐就可以離開了。你確定你吃飽了嗎？」

「嗯。」

她看了一眼他幾乎還滿滿的餐盤。「有別的事在煩嗎？」

「我只是……我害怕面對大家。石川教授在生氣，而且——」

「他沒有生氣。」她舉起手像在發誓，大拇指和食指之間留了一條小縫。「好吧，可能有一點點生氣，但那只是因為在任務中照顧**每個人**的安全是他的責任。他不希望你們冒不必要的險。但他也知道你是因為擔心，才忍不住這麼衝動。而且我相信他一定還記得年輕時候的……」她咬著下唇，看得出想憋住笑意。
「的什麼？」
她放開下唇，展露了笑容。「戀愛的滋味。」
「瑪莉索姑姑！」
「我見過你看布蘭迪絲的眼神。」她挑了挑眉毛，「還有她看你的眼神。」
「唉唷，很煩欸。」克魯茲一時難為情，揮手摀住眼睛，向後倒在床上。
他姑姑站起來。「我們還有事要做，不過不是在這裡。」她指著樓下，「到我辦公室來。」
她是說他媽媽的線索。
克魯茲早就等不及離開醫務艙了！
「我不知道要去納米比亞什麼地方。」他姑姑一關上辦公室的門，克魯茲立刻招供。「我原本還希望你知道。媽媽在納米比亞有朋友嗎？會不會她在那裡做過什麼研究？」
瑪莉索姑姑坐進辦公椅。「目前沒想到，不過我可以調查看看。」
克魯茲很好奇，這是不是代表她會去底艙拜訪耶利哥和其他合成部的科學家。克魯茲望向窗外。真懷念有風景的感覺——其實透過舷窗也看不清楚遠方平緩沙丘和平頂岩石的輪廓。不過，就算是海水，也比金屬牆壁好上一百倍。「我們到哪裡了？」他問。
「索馬利亞外海。」姑姑回答，「我們已經繞過非洲之角。再過兩天就會抵達蒙巴沙港。」

到了賽倫蓋蒂平原，把日動機器人部署完畢之後，探險者大概就要離開非洲了，除非還有其他理由需要留下來。克魯茲必須快點確定在納米比亞境內的哪裡。他已經開始盤算何時要找他的朋友一起再看一次媽媽的線索。

姑姑的平板電腦響起鈴聲。

「哈囉，瑪莉索。」

克魯茲認得那個聲音。

「海陶爾博士！」瑪莉索姑姑坐直身子。克魯茲也是。「真教人驚喜。」

「希望沒打擾你。」校長說。

「出了什麼事嗎？」

「恐怕還滿嚴重的。克魯茲最近有沒有接到涅布拉的威脅或者聯絡？」

「涅布拉？」瑪莉索姑姑抬起頭，摩卡棕色的灼熱目光瞪向他。

克魯茲連連搖頭。

她斜眼看他，意思是：**你最好**

跟我說實話。

克魯茲兩隻前臂在胸口交叉。

他姑姑低下頭。「沒有，海陶爾博士。從綁架案之後就沒有。」

「我明白了。」海陶爾博士聽起來很失望。「我只是突然想到，這種事很可能是他們在背後搞的鬼。我原本希望可以找到合理的解釋，但是……」

「雷吉娜，到底怎麼了？」

「和布蘭迪絲出事有關。」

克魯茲跳起來。

「布蘭迪絲？」瑪莉索姑姑皺起眉頭，「我們都很掛念她，這是當然的，可是我不懂。我以為她只是生病。你說她『出事』是什麼意思？涅布拉做了——」

「你要保證接下來我說的話只有你和我知道。」海陶爾博士壓低聲音。「我不想在探險者和他們的家人之間引起恐慌。」

瑪莉索姑姑視線越過平板電腦望向對面的克魯茲。他舉手發誓不管聽到什麼都會保密。

「沒問題。」他姑姑說，「我們的對話只會留在這個房間。」

「布蘭迪絲在烏干達出任務時接觸到致命毒素。」海陶爾博士說，「毒素是經由皮膚吸收的。」

克魯茲和姑姑一齊倒抽了一口氣。

「她已經注射了我們現有的唯一一種解毒劑，但是能發揮效果的機率不到五成。」海陶爾博士繼續說，「我們已經召集了學會最頂尖的科學家組成團隊，一天二十四小時輪班尋找替代方案……」

「怎麼會發生這種事？」瑪莉索姑姑問。

「我們想查清楚的就是這一點。最初，我們以為可能是芳瓊行李中的容器在直升機或飛機上傾倒，液體外流到布蘭迪絲的行李袋。但芳瓊向我保證，她沒有攜帶任何危險物質，我們仔細搜過她的行李箱、野外實驗室，連船上的科技實驗室也找過了，沒有任何發現。我相信來源不是她。但是另一方面我的團隊也說，布蘭迪絲接觸到的毒素毒性這麼強，不太可能是意外。」海陶爾博士說。「依我看，所有的跡象都指向涅布拉，但說不定是我看了太多凶殺推理影集了……」

克魯茲感覺背後有東西輕輕碰了一下他的脖子。是他姑姑的愛心氣球鐘，這三顆心型氣球能在室內到處飄浮（但書桌上有固定基座，防止氣球飄出辦公室）。不過，心和心之間有橫向的細鍊子相連，所以不論去哪裡，三顆心必須一起移動。第一個鐘顯示目前船上的時間，第二個鐘是夏威夷時間，第三個鐘則是華盛頓特區的時間。克魯茲抓住那三顆心，轉個方向，好看清楚鐘面。第一個鐘顯示上午十點十八分；第二個是晚間九點十八分；第三個是凌晨三點十八分。

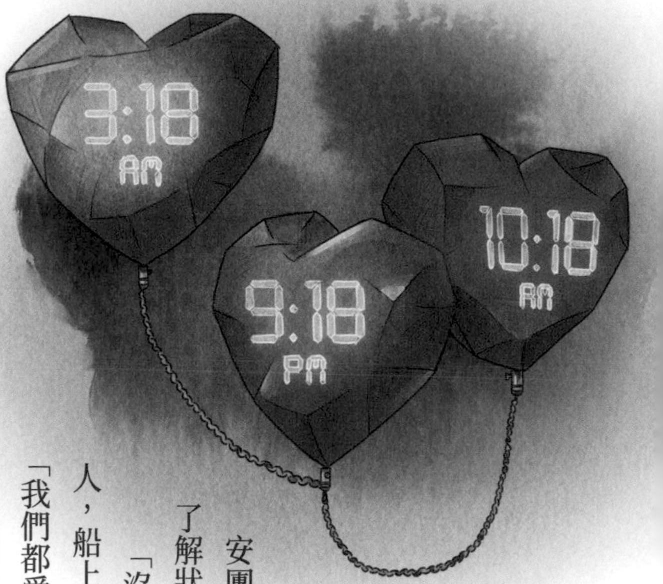

學院總部現在是三更半夜，難怪海陶爾博士聽起來這麼疲憊，說不定她從得知布蘭迪絲出事以來都沒怎麼睡。克魯茲慢慢發現，這位校長是由衷地關心每一名探險者，把大家視為自己的責任。

克魯茲鬆手讓愛心鐘飄走。

「問題滿難解的。」海陶爾博士說道，「我這邊的維安團隊和獵戶座號的警衛會繼續調查。我會跟他們說你已經了解狀況，他們可能會和你聯繫。」

「沒問題。」瑪莉索姑姑說，「也請告訴布蘭迪絲和她的家人，船上的大家都很掛念她，為她加油。」她和克魯茲四目交接，「我們都愛她也想念她。」

克魯茲眼中泛淚。他拼命眨眼睛，想把眼淚擠掉。

「謝謝你，我會轉告她。」海陶爾博士說。

克魯茲不敢置信。布蘭迪絲一路上做的事明明和大家都一樣，不是嗎？

「……我馬上要去醫院向布蘭迪絲和她的家人說明我們會提供的協助。」校長說，「兀鷲號隨時會降落，然後我就要走了……」

兀鷲號。海陶爾博士剛才提到飛機的時候是怎麼說的？好像說他們以為飛行途中芳瓊的容器外洩到布蘭迪絲的行李袋……

克魯茲脖子上的汗毛全都豎了起來。

不！不！

克魯茲撲上前去。「問她是在哪裡發現的。」他死命壓低了嗓子對姑姑說道。

她瞇起眼睛。「什麼東西？」

「他們**在哪裡**發現毒素的？」

「呃……海陶爾博士，你走之前，」瑪莉索姑姑說，「我們——我是說我，我很好奇，你知道布蘭迪絲是怎麼接觸到毒素的嗎？」

「我剛才沒提到？真抱歉……他們追查到她的行李袋……發現她的幾件衣服和襪子上有毒素。」

克魯茲覺得全身的力氣都被抽乾了。他頹然倒在紅色小沙發上，要不是有沙發，他會直接癱軟在地。克魯茲還是穩穩坐了下來，從沙發的一角抓起有十字繡皇冠圖案的白色小抱枕，像抓著救生圈一樣緊抱不放。

「……我們查過其他人的行李袋和背包，全都是乾淨的。」校長繼續說，「所以毒素怎麼會在那裡，而且只在那裡，我們還不知道。」

「但願能盡快得到答案。」他姑姑說，「有消息請隨時通知我，旅途平安。」

通話一結束，瑪莉索姑姑立刻繞過書桌跑過來。「你的臉白得跟石灰岩一樣。怎麼回事？克魯茲，告訴我實話。是不是涅布拉有聯絡你？」

「不是。」他聲音沙啞，「這個我沒說謊。」

「那到底怎麼回事？」

「我以為沒什麼大不了……不然我絕不會……沒有警告……沒有訊息……什麼都沒有……都是我的錯……都是因為我……」

「克魯茲？」瑪莉索姑姑抓住他的上臂，像要把他搖醒。

他深吸一口氣。「布蘭迪絲的行李袋拉鍊壞了。所以出任務之前，我把我的借給她。」

「意思是……你是說……」她抿緊了嘴，聲音從喉嚨深處發出，像燃燒不全的煙火。

克魯茲說出他姑姑開不了口的話。「下毒的目標是我。」

13

普雷史考特的手機發出震動，在灰色的風化木桌上喀喀作響。這裡一定是全倫敦最小的咖啡館，他找了個最角落的座位，點了茶和藍莓司康，想放鬆片刻。

讓斑馬等等吧。

滾燙的烏龍茶中加了牛奶和蜂蜜，普雷史考特把一根古董湯匙沉入杯中，緩緩攪動茶湯。銀湯匙敲著瓷杯，發出清脆的細響。他深吸一口飽含水果香的濃郁蒸汽。距離他坐的紅磚角落幾公尺外，有一扇雨漬斑斑的凸窗，假日的購物人潮拎著提袋和雨傘，在毛毛雨中快步經過窗前。有個人讓你想買東西給他，感覺一定很好。普雷史考特青把花瓷杯拿到唇邊，感覺熱騰騰的濃茶在舌頭上流轉。他最近開始想到改變。也不是多認真地想，現在時候未到。只是偶爾，在某些靜下來的片刻，這種念頭會溜進他的腦中，想到說不定生活可以比現在更好。

他的手機又震動起來。他想一個人靜一靜都不行嗎？普雷史考特忿忿地按開螢幕。

任務失敗。

毒藥對了，人找錯了。

問題更棘手。

已經通知獅子。

詳情之後說明。

很遺憾，Z。

普雷史考特覺得十分煩燥，簡單回覆訊息收到，就關掉手機。這件差事漸漸在他口中留下一股敗壞的氣味，喝再多茶也沖不掉。更討厭的是，這都是他的錯。他要是第一次就把工作做好……不然就第二次、或者第三次……

「午安。」

普雷史考特一驚，指關節撞到茶杯的金色杯柄，茶水溢了出來，燙到普雷史考特的手指，但他沒有縮手。他抬起頭直視站在他桌前的男子，那是馬康・魯克，探險家學院的前任圖書館長，涅布拉的前任間諜，代號狐獴。魯克把他的紅髮染成泥巴棕色，鬍子刮掉了，而且瘦了幾公斤。但那雙狂妄自大的綠眼睛一點也沒變。

「我來找你談一筆生意。」魯克身上的橄欖綠長大衣布滿皺褶，他從口袋掏出一張立體投影名片扔到桌上。「你有興趣就看看吧。」

「你好大的膽子。」普雷史考特冷冷地說，「也不想想你是誰，我又是誰。」

魯克的神色沒變，但下巴的一束小肌肉抽動起來。普雷史考特戳中了他的痛處。很好，他就是要魯克害怕。他要魯克爬回他原本的地洞裡去。不然要是被布魯姆發現了，普雷史考特就只得確保他爬不回去。

普雷史考特一動不動。

魯克彎下腰。「問問你自己吧。既然獅子不計代價都想摧毀，代表那東西對他多有價值？或者，對某個別人？」

魯克轉身，跨了三步就出了茶館大門。到了店外，只見他穿越弗里斯街，從停在路邊的兩部車之間鑽過去，旋即消失在第一個轉角處。

狐獴還是老樣子。鬼鬼祟祟，貪得無厭。尤其完全不能信任。不過，他的話不無道理。

普雷史考特把藍莓司康吃得不留半點碎屑，茶也喝得一滴不剩。他挪動屁股滑出座位，站在座椅後面穿上大衣。雨下得更大了，他沒帶傘。普雷史考特撿起那張立體名片，直覺告訴他最好把名片撕成兩半。

他的直覺連日來告訴他很多事，但他總是不聽。

14

聽見有人輕輕敲門，克魯茲走過去打開房門。

「嗨。」

「嗨。」蘭妮和莎樂說，她們的表情和他一樣鬱悶。

克魯茲退開，讓兩個女生走進二〇二號艙房。莎樂意思意思跟他擁抱了一下。

蘭妮輕輕和他互撞一下肩膀。「有布蘭迪絲的消息嗎？」

克魯茲搖頭。知道的事忍著不告訴朋友很不容易，但他發過誓了。

莎樂窩進她最愛的椅子裡。「那大猩猩呢？」

「石川教授說有進展會告訴我們，現在不要拿這件事煩他。」亞米嘆口氣說。

克魯茲盤腿坐在地上，把另一張椅子留給蘭妮。她沒有坐，而是一屁股在他旁邊坐下來。亞米正要把椅子滑過去加入討論圈，看到海軍藍的扶手椅還空著，就過去坐了。

克魯茲跪著起身，把媽媽的日記放上圓桌。「好了，我們現在要找線索看出是在納米比亞的什麼地方。大家仔細看，看到任何有幫助的細節就喊出來。」他用大拇指按住紙片一角，啟動投影日記。幾秒鐘後，紙片出現折角，變形成多角球體。變形和身分辨識程序一結束，他們全部湊過去，集中注意力。

「破解這道密語，你就會知道接著該去哪裡。」克魯茲的媽媽指著她面前浮現的一長串方格說。「你見過它成千上萬遍，就和彩虹一樣熟悉。聽我一句忠告：運用你的所有感官。祝你好運，小克。」

彩色方格開始照著和之前一樣的順序前後滑動：紅二十五，綠八，紫十一，黃二十六……

克魯茲不明白。他已經解出由光譜色彩組成的方格了，但還是沒有看到確切的目的地。是該注意其他方格嗎，透明的那些？是的話又該注意哪幾個？透明方格全部都沒有移動。

「我看不出和上次差在哪裡。」莎樂唉聲嘆氣。

「我想到了！」蘭妮倒抽一口氣，「不要看，用聽的！」

每個人都定住不動。

啾，啾，啾，啾。

是鳥叫聲！克魯茲之前沒有多想，以為媽媽大概在窗邊錄音。現在他懂了。他媽媽說運用所有感官，原來是這個意思。鳥叫聲也是線索的一部分！

亞米手忙腳亂地爬回他的電腦堡壘前。「克魯茲，你把之前拍線索的影片寄給我。我把鳥的音檔丟進圖書館的鳥種辨識軟體搜尋看看。」

「說不定會找到另一間野生動物保育中心。」莎樂說，「就像芙麗雅的斗篷。」

「或是布溫迪森林之類的國家公園。」蘭妮說。

「希望真的能連結到某個地方。」克魯茲按下發送鍵，「而且最好要快。」

「應該很快就能搜尋到符合的目標。」亞米說，「這套軟體可以在幾分鐘內比對好幾千種鳥。」

有人敲門。克魯茲過去開門。

「你的快遞。」泰琳一手提著克魯茲的鞋子，另一手托著他的制服，已經熨平且摺得整整齊齊。哈伯也跟來了，嘴裡叼著牠的綠色小球。

克魯茲接過他的衣物，順便伸手在小狗耳後搔了幾下。「謝謝。」衣服上面放著一個三乘五英寸的白色紙盒。

「那是你的別針。」泰琳說明。「都乾乾淨淨了。你的背包還在洗，至於你的行李袋……我不知道跑到哪裡去了。洗衣房的人好像沒看到它。」

克魯茲如坐針氈。他猜他的行李袋大概還在海陶爾博士的維安團隊手上。

「那麼大的東西，真不懂你怎麼也能搞丟。」他的導師說，「要是過一陣子還沒出現，我再幫你訂一個新的。」

「那個不重要。」克魯茲話說出口，發現語氣比他想的還要兇。他心裡掛念著更重要的事。「布蘭迪絲現在怎麼樣？」

她搖搖她的精靈短髮頭，但表情透露出她知道一些內情。

「拜託，泰琳。」亞米在克魯茲的身後探頭，他的變形鏡框化成寶藍色的水滴形，顯示他是堅決想知道。

克魯茲回頭，看到莎樂也已經起身站在亞米背後，蘭妮則在莎樂後面伸長了脖子看著這邊。

「這麼久了你一定有聽到一些消息吧。」莎樂追問。

「至少告訴我們出了什麼事。」蘭妮說。

泰琳咬著嘴唇。「我真的不能……」

「求求你——」莎樂哽咽著苦苦哀求。布蘭迪絲是她的室友、隊友，也是她最好的朋友。

泰琳輪流看著眼前一張張擔憂的臉，嘆了一口氣，像找盡理由也拗不過孩子的爸媽一樣。她把他們趕進房間，自己跟哈伯也走進去，把門關上。「這些話不可以告訴別人。她出現類似過敏的反應，現在狀況很危急。我只知道這麼多，真的。」

泰琳聽起來是說真的，但也很難說她會不會為了幫海陶爾博士保密而說謊。她說不知道他行李袋的下落會不會也是在說謊？

「我知道你想保護我們，但就算是壞消息我們也想知道。」亞米說。他的鏡框藍色轉淡，變成綠色，顯示比剛才滿意了些。

「我們什麼都不知道反而更糟。」莎樂吸吸鼻子插嘴說。

泰琳同情地點點頭。「只要我有更多消息，她的父母也允許的話，我一定會向全體同學宣布的。」

他們向她道了謝，泰琳就帶著哈伯離開了。

亞米衝到房間另一頭，他其中一部電腦的螢幕在閃爍。「跑完了，軟體已經完成比對。」

「所以呢？」克魯茲緊握雙手。「是哪一種鳥？」

「不是。」亞米皺眉。「那不是鳥。」

「怎麼可能。」莎樂說，「明明就是鳥叫聲，一定是鳥吧。」

「比對結果說不是。」

莎樂大步走到他旁邊去看了分析報告後宣布：「他說得對。」

「說不定是已經絕種的鳥。」蘭妮說，「比如斯比克斯金剛鸚鵡或旅鴿。」

「只要是近兩百年內存在過的鳥類，系統裡就會有資料。」亞米說，「我就說了不是鳥。」

莎樂拽著她的馬尾。「不然是什麼？」

「考倒我了。」

時間不早了。兩個女孩子道過晚安，各自回艙房去了。

亞米換睡衣的時候，克魯茲把制服掛回衣櫥。他掀開泰琳給的盒子，裡面是他的GPS別針、通訊別針、影子徽章，以及躺在棉花窩裡的魅兒遙控器。他蓋上蓋子，把盒子擺上床頭桌，早上才不會忘記別別針。他用腳把鞋子推進床底，其中一隻鞋撞到東西。他知道那是什麼。克魯茲彎腰從床底下撈出裝著他媽媽遺物的水藍色盒子，他已經養成盤點盒子裡物品的習慣，裡面有一袋杏仁、一把珠寶盒的金鑰匙、一只阿茲特克王冠吊墜、一張他的照片，背後有螺旋密碼、一盒OK繃、一疊貓咪形狀的便利貼、兩個墊圈（一個向上凹，另一個很平滑），三支鉛筆、四支原子筆、一枚迴紋針、一把釘書機、一個橡皮擦和一本黃線記事簿。另外還有克魯茲自己收進去的東西：從土耳其地底石城帶回來的陶鹿偶。嗯，全部都在。

從實驗室火災倖存下來的東西就只有這些，想想有些奇怪。其他的電腦檔案、影片紀錄、全像筆記本，甚至是一般的筆記本呢？應該還有別的才對。他媽媽畢竟是合成部的創始成員，多年來一定參與過不下數十項計畫，直到她對生物毒液的研究引導她開發出細胞再生血清為止。不過這些大概都是最高機密吧——

克魯茲突然僵住。

毒液是動物分泌的毒素。科學家為了中和這些毒素，至今開發出無數種解毒劑，如海陶爾博士說用來治療布蘭迪絲的藥。既然他媽媽的研究曾經帶來突破，說不定能再一次……

他在腦中聽見海陶爾博士的聲音。**我們已召集學會最頂尖的科學家團隊，不眠不休尋**

找替代方案。

合成部！不就近在眼前嗎——應該說就在他腳下。

克魯茲鞋子一套就衝向房門口。

「你要去哪裡？」亞米正好走出廁所關掉電燈。

「出去一下。」克魯茲說道，使勁拉開門把。

電燈閃爍兩下，表示兩分鐘後就要熄燈就寢。「你不能現在出去。」亞米說。

「非去不可。」克魯茲斷然回答，「得去找耶利哥。」

「耶利哥・邁爾斯？」亞米的心情眼鏡變成亮白色。「找他做什麼？」

「晚點跟你說。」克魯茲拔腿而出。

「喂，你別想！」他聽見亞米在後面大喊。

克魯茲三步併作兩步通過探險者走廊，腳步盡可能放輕，以免驚動泰琳。沒走多遠，他就聽到背後有腳步聲，像一匹馬奔馳而來。克魯茲轉身倒退著跑。「小聲一點！你想吵醒全船的人嗎？」

「到底是……什麼事？」亞米喘吁吁地問。

「不能告訴你。我答應過別人了。」克魯茲又倒退跑了幾步，來到走廊盡頭，隨即轉身加快步伐穿越天井，然後奔下樓梯抵達主甲板。克魯茲一個閃身繞過轉角，衝下另一段階梯，來到最底部的B層甲板。

他匆匆經過貨艙，暗自希望能再找到那扇藍色的門。沒有布蘭迪絲、哈伯或魅兒帶路，只靠自己恐怕不好找。克魯茲先左轉，再憑印象穿越狹窄走道構成的迷宮。他遇上一條岔路。左邊還是右邊？直覺告訴他右邊。但直覺錯了，死路一條，他只好原路折返。亞米不知道什麼時候已經跟丟了，但這樣也好。他不能把布蘭迪絲的實情告訴亞米，但不說又會惹亞米生氣——這麼一來獵戶座號上只會又多一個人生他的氣……

藍色的門！

門上沒有任何標示，克魯茲朝門邊的黑色保全螢幕揮了揮 OS 手環。但就像上次布蘭迪絲帶他來的時候一樣，門沒有半點反應。他在期待什麼？他也不知道。他沒想好計畫。克魯茲只知道他在門外，耶利哥在門內。而他必須進入這個房間！克魯茲沒有看到攝影機，但他知道沒看到不代表沒有。牆上某個鉚釘裡很可能就裝著針孔攝影機。芳瓊的發

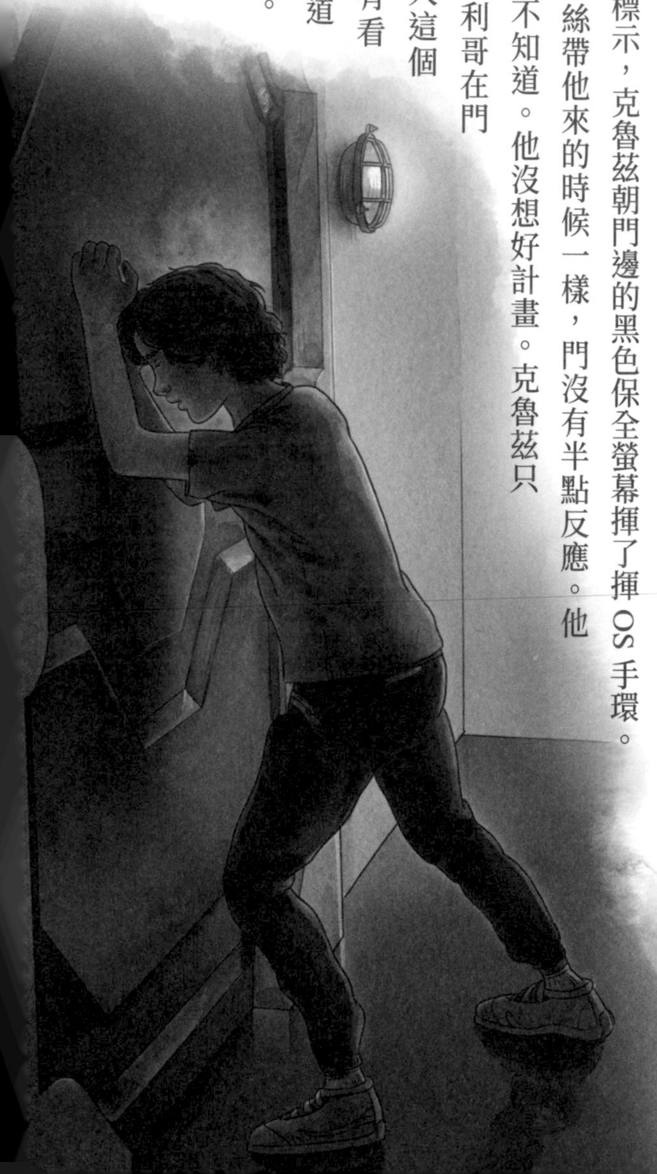

明他看多了，知道什麼事都有可能——

芳瓊！

說不定她有認識的人能放他進去。但她八成還在醫院陪布蘭迪絲。克魯茲四下張望。他想得到的辦法只有一個。克魯茲開始大力敲門。

砰、砰、砰。

巨響迴盪整層甲板。

「哈囉！耶利哥？」克魯茲大喊。「開門！有緊急的事！」

砰、砰、砰。

拳頭重擊金屬，克魯茲感覺震動傳遍他全身。「有人在嗎？我有話要跟耶利哥說！跟布蘭迪絲有關。拜託，請開門！」

他不停敲了好幾分鐘，始終沒人出來。

克魯茲敲到手痠。他停下來，用頭頂抵著藍色門板。金屬碰到頭的感覺很冰涼。大家到哪裡去了？魅兒監視過這裡之後到現在也有一陣子了，合成部會不會已經關閉船上的祕密實驗室？還是說，耶利哥和那個美麗的黑髮女子故意不理他？克魯茲看著一粒汗珠沿著他的下巴滴落，在平滑的地板上留下小小一攤水。

「克魯茲？」是亞米。

「什麼？」他伴著呼氣吐出這兩個字。

「布蘭迪絲……」亞米還在喘氣，「……你知道……她到底怎麼了……對不對？」

克魯茲累了。又或許他只是厭倦了保密。「對，涅布拉在我的行李袋裡下毒想殺我——結果我把行李袋借給布蘭迪絲。」他說，聲音幾乎像耳語那麼小。「她如果會死都是我害的。」

一隻手按住他的肩膀。「不是你的錯。」

這是克魯茲第二次聽到這句話，但話語不等於事實，也沒讓他覺得比較好過。

又一滴水落向地板，但這一次不是汗。

克魯茲感覺手掌傳來震動——是門在動！克魯茲踉蹌後退，撞上了亞米。藍色門板向一邊滑開，房內射出一道白光，照亮整條走廊。克魯茲和亞米一下子睜不開眼睛，雙雙伸出手擋光。

一個高挑的人影走向他們。

「芳瓊！」克魯茲厲聲叫喊，「你回來了。」

科技實驗室主任把護目鏡推到她的蝴蝶花紋頭巾上。「嗨，克魯茲。」語氣聽起來是一半覺得好笑、一半懊惱被發現了。

另一個人走出來站在芳瓊旁邊。克魯茲也認得她，是魅兒影片中拍到的黑髮女子。

黑髮女子看看克魯茲，再看看他的室友，嘆了一口氣。「哈囉，亞米。」

亞米難為情地推了推眼鏡。「嗨，媽媽。」

15

「媽媽？」克魯茲很激動，「我就覺得你認識她，可是……她是……你媽媽？」

亞米扯著自己拿來當睡衣的T恤領口。「我也想告訴你，只是……」

「我知道啦，最高機密。」

「哈囉，克魯茲。」亞米的媽媽說，「我聽說了很多你的事。很高興終於見到你了。我是盧潔帕博士。」她向他伸出手。

克魯茲呆呆地和她握手。「所以……你真的是替合——」

「不可以說。」盧博士搖了搖手指阻止他。「我們出了實驗室，從來不用那個名稱。事實上呢，你們該上樓回去了。這裡不是你們能來的地方。」

「拜託。」克魯茲想起他來的目的，趕緊求情，「我有事情必須找你說……誰都可以，只要是合……這關係到布蘭迪絲——」

「我知道你很擔心。」盧博士緊張地瞄了他們後面一眼。「可是我不能放你們進實驗室，這裡也不是談正事的地方。上樓去吧，有話以後再說——」

克魯茲一腳跨過門檻。「對不起。這件事太重要了。」

盧博士斜睨著他。

克魯茲揚起下巴。

盧博士雙手往腰上一叉。

克魯茲把下巴抬得更高。

兩個人看來陷入僵局。

過了劍拔弩張的一分鐘，芳瓊靠到盧博士的耳邊說道：「不如帶他們到消毒區就好，不用真的進去。」

盧博士的眼睛眨也沒眨。

「就一分鐘。」芳瓊補上一句。

「好吧。」盧博士說。「就一分鐘。」她上下打量亞米的睡衣。「話說這位先生，你的就寢時間不是已經過了嗎？」

「媽——」

盧博士揮手示意兩個男生進來。克魯茲另一腳跨過門檻，亞米跟著他走進去，藍門隨即關上。前面大約三公尺的地方有一扇染色玻璃門。盧博士舉手示意他們在原地等候，她和芳瓊往那道門走了幾步，低聲交頭接耳。

克魯茲看著他的室友。「所以你才知道那麼多合成部的事。你還有其他祕密瞞著我嗎？」

「那可多了。」亞米說著翻了一下白眼。

「我真不敢相信，你竟然沒告訴我你媽媽的事。」克魯茲恨恨地說。現在他沒心情開玩笑。

「你也知道規矩。」亞米說，「我怎麼可能告訴你我媽媽是合成部主任？你能跟你的朋友說，你媽媽在某個機密科學機構工作嗎？」

「不行，但這完全是兩回事。你明知道我有多努力想解開我媽媽的謎團。說不定你媽媽和我媽媽曾經是同事。說不定你媽媽有新的情報。說不定她有辦法幫忙——」

「她不是，她沒有，她也沒辦法。」亞米打斷他，「她要是有辦法，你覺得我不會告訴你嗎？我媽媽一年前才接手合成部。相信我，我問過她幾百萬個關於你媽媽的問題。你要是不相信我，可以自己問她。愛問什麼儘管問。」

芳瓊示意克魯茲和亞米走到染色玻璃門前。克魯茲走過去，看到這條小門廊的電燈裝在四片鐵絲網上——一片在天花板，一片在透明地板下方，走廊左右兩側也各有一片。克魯茲盯著這扇阻止他們再往前走的深色玻璃門，想試試能不能看穿，但除了自己的倒影以外什麼也看不到。

「踏進黑色方格裡。」芳瓊指揮他們，「不要動。」

克魯茲看到腳下的黑線，移動腳步站進線內。

他們周圍的燈光變亮了。

亞米歪頭觀察四周。「紫外光消毒？」

「我知道你想問什麼。」他媽媽說，「對，人眼看不見紫外光，但我們必須確定消毒程序有在進行，所以系統連結了我們看得見的可見光波。」

「我知道啦，媽。」亞米用想當然爾的語氣說。

克魯茲拉拉芳瓊拐杖糖圖案的圍裙。「布蘭迪絲的事——」

「面向前方，不要動。」

「抱歉。」

「我知道你已經知道布蘭迪絲發生的事。」芳瓊用嘴角低聲細語，「我也知道你想問什麼。答案是對，我們調閱了你媽媽的文獻，希望找出新的解藥，治療布蘭迪絲的毒。」

「結果呢？」

「很有希望！剩下的我不能多說。」

他就知道！

「我跟你說過，你媽媽寫過的每一篇論文、報告和文章我全都讀過。」芳瓊說，「如果有藥方我一定會發現。」

主燈熄滅，周圍牆壁和天花板的電燈亮起來，發出藍紫色的柔和光束照著他們四個人。

「克魯茲，我們正盡全力幫助布蘭迪絲。」盧博士說，「我向你保證。」

他點點頭。

「好啦，我真的該回去工作了。」芳瓊說，「我不在的每一分鐘——」

「快去！」克魯茲叫道。

芳瓊揚起下巴面對生物識別面板，兩眼向前直視，出現一道藍光掃描她的瞳孔。玻璃門向兩旁開啟，芳瓊匆匆走了進去。克魯茲往漆黑的室內飛快瞄了一眼，只看到層層疊疊的電腦螢幕，門就關了。就差一點！

盧博士回頭看著他們。「你們兩個男生，怎麼來的就怎麼回去——」

亞米伸手打岔。「媽，克魯茲覺得他媽媽發生的事，你可能會知道比較多細節。我跟他說了你不知道，但是……」

她的表情軟化下來。「克魯茲，我也希望幫得上忙，但亞米說的是實話。我知道的也只有官方報告的內容，你姑姑也看過那份報告。我真的很遺憾。」

「謝謝。」克魯茲眼眶開始泛淚。

「克魯茲，你母親留下很了不起的遺產，我不只希望讓她的研究永遠讓人記住，更打算繼續推展下去，希望你聽了會安慰一點。」

克魯茲只能點頭。他不想在這裡哭出來。

「亞米也不好過。」盧博士一手按著兒子的肩頭。「他必須把我當成天大的祕密，瞞著你和探險家學院的人。但是我絕對不會要求他向你隱瞞關於你母親的重要情報。這一點請你明白。」

克魯茲對亞米露出歉疚的眼神。「我想我已經明白了。」

「我得進去了，你們兩個違反宵禁了，我們最好趕快說晚安吧。」盧博士匆匆吻了一下亞米的額頭。

「媽媽，如果芳瓊找到解藥，你會跟我們說嗎？」

「第一時間就說。」她走向生物識別面板，「回去睡覺吧，努努。」

「努努？」門在亞米的媽媽背後關上之後，克魯茲忍不住噴笑。

亞米斜瞪了他一眼。「這也是我想保密的原因。」

「泰琳呼叫全體探險者！」

克魯茲正忙著把通訊別針別回制服上，被突然傳出來的聲音嚇了一跳，針尖不小心戳進大拇指。克魯茲和亞米睡過頭，只剩幾分鐘能趕去上第一堂課。

「今天早上第一節課，請到會議室集合。」泰琳說，「所有探險者請於上午八點在會議室集合，參加一個簡短的緊急會議。」

緊急？

克魯茲吮著大拇指尖冒出的血滴，聽了頓時愣住。泰琳答應過他們，一有布蘭迪絲的新消息，她就會集合探險者向大家宣布。

正在穿鞋的亞米抬起頭。「你覺得——」

「我們快去吧。」他又被扎了好幾下之後，總算成功別上他的通訊別針、GPS 別針和影子徽章。魅兒的遙控器可以等她修好回來再加上去。

探險者已經習慣在泰琳集合大家的時候各自按照組別就座。今天也不例外。亞米和克魯茲一走進會議室，就如同往常坐在莎樂和杜根旁邊靠桌子左側的位子。四個人愣愣地看著莎樂和杜根中間的空位。不光是他們，其他探險者也不時偷看一眼布蘭迪絲的座位。蘭妮進來以後，克魯茲從後面牆邊推來另一張椅子給她坐。庫斯托隊有六個探險者，就應該有六張椅子。

「你的通訊別針上下顛倒了。」蘭妮悄聲提醒克魯茲，一邊伸手幫他把 EA 字樣的別針轉正。蘭妮定定地看著他的眼睛，他們心裡在想一樣的事，但誰也不想說出來：他們這次集合是為了布蘭迪絲。

莎樂的表情驚恐萬分，克魯茲一手按著她的手背。

八點整一到，泰琳和石川教授慎重地走進會議室。

「大家早安。」泰琳嚴肅地說。

「早安。」多數人同聲回答。克魯茲張開嘴卻發不出聲音。

「石川教授有幾件事要告訴大家，之後請各位直接回到海象教室。」泰琳說，「蓋比埃博士知道你們會晚十分鐘到。」

「我直接說重點吧。」石川教授雙手交握，「我今早和納杰巴博士通過話。他說多虧我們的支援，布溫迪森林兩群大猩猩的症狀都有明顯好轉。已經沒有病毒感染的跡象——」

「寶寶也是嗎？」席莉絲汀開口就問。

「寶寶也是。」石川教授笑著說，「當然，獸醫團隊會繼續監控情況，不過所有跡象都顯示，我們的任務成功。做得好，各位探險者。」

學生紛紛開心地從椅子上跳起來歡呼鼓掌，互相擁抱。克魯茲張開手抱住蘭妮——他既為大猩猩高興，也慶幸教授宣布的不是布蘭迪絲的壞消息。克魯茲過去向席莉絲汀和菲力普道賀，也抬頭找阿里在哪裡，但他在會議室的另一頭。

泰琳吹了聲口哨。「好啦，各位，第一堂課還在等你們！」

克魯茲下定決心要在今天結束以前和阿里說上話。兩小時後，探險者在洞穴集合，準備上體能與求生訓練課之前，他看到機會來了。勒格宏先生通常會叫大家靠牆排成一列，先伸展暖身，再進行當天計畫的活動。今天，洞穴所在的偌大船艙只開了少少幾盞燈，從入口進來才幾公尺，就什麼也看不見了，所以他們個個都站在牆邊。克魯茲看到阿里和杜根一起進來，馬上走向他們。

「晚安，探險者。」勒格宏先生忽然從黑暗中現身，邁開長腿走過來。「暖身運動時間。請按照隊別排成一列，準備做開合跳。預備開始！」

克魯茲退回他平常在亞米和莎樂中間的位置，開始做起暖身運動。

杜根匆忙趕來加入他們。「不知道今天要練習什麼。希望是單板滑雪。」

「我希望是泛舟。」莎樂跟他唱反調。

「定點跳傘。」克魯茲喘著氣說。

「藤球。」亞米說。

「你保重。」莎樂故意笑他。

「不是哈啾啦，莎樂。藤球是馬來西亞的一種運動——」

「像用腳踢的排球。」蘭妮替他說完。「我希望是衝浪。」

「衝浪！」杜根大喊，「我改變主意了。我投蘭妮一票。」

結果他們都猜錯了。「我們今天要進行一場比賽！」勒格宏先生宣布，贏來現場一陣掌聲。他一手輕輕拋著一顆紅條紋的黑球，比足球略小一點。「這叫塔盧球。」

克魯茲從來沒聽過。他轉頭看莎樂，莎樂聳了聳肩，亞米也搖頭。其他人看起來也一頭霧水。就在這時，克魯茲瞄到教練臉上得意的笑容。

亞米也看到了。「勒格宏原創運動。」他嘀咕著說，「這下可有得操了。」

「燈光。」勒格宏先生一聲令下，艙頂的燈瞬間亮起，照亮了橢圓形的比賽場地，長和寬都大約是籃球場的兩倍。球場兩端各有一塊巨岩，像一對書擋一樣聳立著，延伸到洞穴六公尺高的天花板最頂端。岩石的左右兩面分別鑿有階梯，有些從尖利險峭的岩峰背面繞過，有些完全裸露在外，摔下去就是球場，沒有任何防護。峭壁外緣有好幾根藤蔓，從天花板垂到地面。在兩塊巨岩大約三分之二高的地方各有一個大洞。克魯茲目測洞口約一點二公尺寬、一點二公尺高。那是球門嗎？

「得分方式，就是把**球**投進**那個洞**。」教練指著岩壁高處的洞口。「每次進攻只有一次射門機會，不能補進。攻門方式很多。你可以從球場地面直接射門，但距離起碼有五公尺。你也可以爬上石階靠近球門。或是利用巨藻。」

「巨藻？你是說那些海帶？」莎樂嫌棄地說，「不會很滑嗎？」

「我覺得可以。」克魯茲說，「在硬地上助跑起跳就行了。」

「呃，克魯茲？」杜根皺起眉頭，「球場好像不是硬木地板喔。」

克魯茲伸長脖子。「那是什麼？」

「沙子！」勒格宏先生鄭重宣布。

「哇！」克魯茲和其他探險者同聲驚呼。

勒格宏先生向他們講解規則。比賽分成上下半場各七分鐘，由兩支隊伍分別派五人出賽（因為少了布蘭迪絲，其他三隊也都要有一名球員坐板凳）。比賽目標是在沙地上往對方的岩壁進攻，用手和隊友互相傳球，不能落地，另一隊要想辦法攔截。搶球不會太難，因為任一名球員都不能持球超過四秒，一旦超過，球內的蜂鳴器會響，擔任裁判的勒格宏先生就會把球權交給另一隊。沒錯，得分方法的確很多，但克魯茲很快就看出沒一個是容易的。假如你想從沙地上遠距離射門，運氣要很好才有可能投進。但假如你爬上階梯或攀住藤蔓，敵隊球員卻找到更快抵達的捷徑，他們就能輕易阻擋你，你根本無法投球。

「出賽隊伍我選好了。」勒格宏先生說，「伽利略隊，你們對艾爾哈特隊。麥哲倫隊對上庫斯托隊。兩場比賽勝出的隊伍進行冠軍戰。庫斯托和麥哲倫，你們先上。」他指向球場外緣整齊排成一排的頭盔，一半是紫色，一半是綠色。「庫斯托戴紫色的。麥哲倫，你們是綠色。」勒格宏先生說完，輕鬆縱身翻越一點二公尺高的擋土牆，輕巧地落在沙子上。

大家戴上指定的頭盔。克魯茲一踏上沙子，腳掌到腳踝瞬間全陷進沙中，他得張開雙臂保持平衡才不會跌倒。

「這是什麼，流沙嗎？」亞米的腳也消失了，他緊張地大喊。

克魯茲大概知道沙子為什麼要這麼深了，因為才不會有人忍不住想要踢球。

勒格宏先生指揮他們像籃球賽開始前的跳球一樣，在他周圍圍成一圈。卡特、馬提歐、孫濤、尤莉雅和阿里（詹恩坐板凳）組成其中半圈，另一半則是克魯茲、亞米、莎樂、蘭妮和杜根。

「應該由杜根開球。」克魯茲提議，「他個子最高。」

隊友一致同意。

卡特向前一步，代表她的隊伍開球。

阿里站的位置正好在克魯茲對面。克魯茲站上定位時，兩人眼神交會。那是光線，還是阿里目光灼灼地瞪他？克魯茲別開視線，望向停在教練指尖的那顆球。

「塔盧球賽第一戰，準備開始。」他們的教練說。「對了，各位探險者，」他聲如洪鐘地說道，讓所有隊伍都能聽見。「還有一件事。」

「完蛋。」亞米竊竊私語，「終於來了。」

「比賽的時候——」勒格宏先生挑起一邊眉毛，「盡量別踩到蠍子。」

16

「蠍子！」杜根尖叫一聲，手忙腳亂地檢查周圍的沙子。「在哪裡？」

「別慌張，杜根。不是真的蠍子。」勒格宏先生偷笑，「不過呢，你們如果感覺小腿或腳踝被小東西刺了一下，就代表你被蠍子螫了。被螫到的人請停在原地半分鐘，等時間結束，頭盔內的燈號會由紅轉綠，這時才能繼續比賽。另外，要是持球時被蠍子螫到，比賽就會暫停，球權歸給另一隊。都懂了嗎？」

莎樂舉手。「我沒聽錯吧，滑溜的海藻、可怕的懸崖、高聳的石階，這些就算了，還有致命的蛛形綱動物？」

「是的。」勒格宏先生得意地回答。

「我怎麼會想當探險者啊。」莎樂仰天長嘆。

勒格宏的哨音一響，手上的黑球也拋向空中。杜根的指尖把球撥向蘭妮，她往右閃身，橫跨四步，

使勁把球傳給在她旁邊靠內側的莎樂。克魯茲在左翼遠處努力想跟上隊友，但感覺就像在布丁上跑步，沙子不停把他往下拖，每一步都很費力。他才跑了十公尺，已經上氣不接下氣。莎樂把球拋給亞米，亞米一個漂亮的假動作，急停起步，晃過馬提歐超到他前面。

沒人防守克魯茲，他趁隙溜上他那一側岩壁的階梯，一次跨上兩階，只是每階的大小寬度都不同，所以不如想像中容易。克魯茲逐漸接近球門，岩壁外緣突出的尖石比較短，他能清楚俯瞰地面的戰況。他看到蘭妮用力把球傳給杜根。麥哲倫隊還沒有人爬上岩壁，球門前有大空檔。

「杜根！」克魯茲大喊。

尤莉雅把杜根逼進最左側的角落。

「杜根，這裡！」克魯茲嘶吼，「在你頭上。」

杜根百般嘗試想繞過尤莉雅。他一定有聽到克魯茲要球才對。難道他想自己投？他那個位置角度太小，距離又遠，不可能投進的。

「杜根！」蘭妮瞥見岩壁上的克魯茲，也出聲叫喊，「快丟上去給──」

嗶嗶！

杜根持球超時。克魯茲垂下手臂。但現在沒時間生悶氣，馬提歐已經在發邊線球了。克魯茲加入其他隊友，在沙地場上拔腿狂奔。他發現只要保持腳步輕快，盡量踩著別人的腳印，腳就不會陷得太深。孫濤一馬當先跑在前面，想搶先攀上一根粗藻。尤莉雅、卡特、

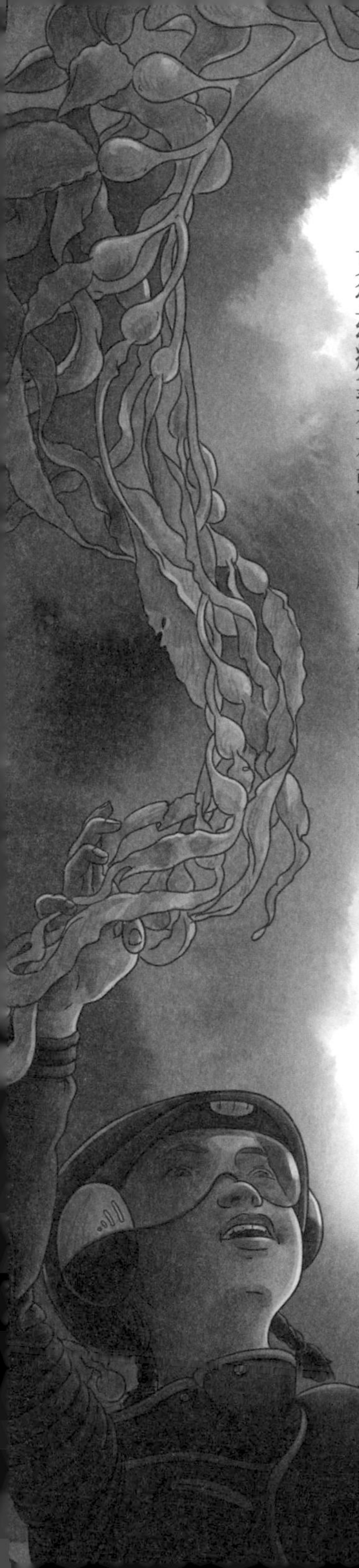

馬提歐和阿里互相傳球，庫斯托隊擺開陣形防守。

忽然，克魯茲兩腳之間的沙子冒出一對黑色的螯。他腳踝一轉，及時閃過一隻黑色蠍子高高弓起的尾巴。真是好險！只見阿里加速跑上孫濤對面的岩壁，莎樂緊追在後。

「我來守門。」克魯茲向隊友高喊，一面拔腿跑上孫濤附近的石階。

「這根本爬不上去嘛！」孫濤發著牢騷，在滑溜的植物上不停往下滑。

克魯茲匆匆經過她旁邊，衝上石階，感覺兩條腿宛如火燒，頭盔內也起霧了，但他不停跨上大小不一的石階，手腳並用爬上陡坡。克魯茲快到球門了！就差兩公尺——

一團模糊的黑影飛來，打中克魯茲的肩膀，反彈進了岩壁上的洞。

「得分！」勒格宏先生喊道。

麥哲倫隊爆出歡呼。

克魯茲癱靠在石頭上，胸口起伏喘著大氣。

「感謝你的助攻。」孫濤在他跑下石階時竊笑著說。

球從岩壁底部的一個小洞滾出來。蘭妮撿起球，瞄到克魯茲的表情。「哨音沒響，比賽都還不算結束。我們要讓他們見識夏威夷人的本事。」蘭妮從邊線開球，把球拋向克魯茲，力氣大到克魯茲接球的手指一陣刺痛。比賽再度開始。庫斯托隊向麥哲倫隊的球門展開猛攻。克魯茲扔出一個美麗的拋物線，傳球給亞米，亞米沒讓他專美於前，也用漂亮的動作接球、轉身，往前一踏。「哎喲！」他哀號一聲。「我被螫了。」

球權又回到麥哲倫隊手上，因為亞米暫時不能動，接下來三十秒剩下四打五。幸好，蘭妮精采地攔截到卡特傳給馬提歐的球。她把球扔向莎樂，莎樂又丟給克魯茲，克魯茲傳給杜根，杜根縱身跳投，但球打在球門下方沒進，足足比目標低了一點五公尺。克魯茲忍住沒有抱怨。接下來五分鐘，兩隊交替進攻，來回奔跑、傳球、射門、抄球，偶爾被突然冒出來的蠍子螫到。不過始終沒人得分。上半場就在麥哲倫隊一比〇領先下結束。

「中場休息喝水兩分鐘。」勒格宏先生宣布。

「集合一下。」莎樂揮手示意隊友圍攏過來，「我們需要戰術。」

「只要不必用到海藻都好。」亞米摘下頭盔，他的頭髮扁塌，貼著頭皮。「你們也看到了吧，孫濤想爬那個滑不溜丟的東西，結果陷入多大的麻煩？」

「我也覺得。」莎樂說，「別碰海藻。」

「聲東擊西怎麼樣？」亞米提議，「我們四個人走右路，第五個人偷偷跑上左邊的石階。」

「不如來個計中計。」克魯茲說，「我們假裝執行亞米的計畫，但真正目的是守住右邊的石階，然後我們四個人的其中一人偷爬上去。等到麥哲倫隊發現的時候——」

「已經來不及了。」莎樂說。

「我去左路當誘餌。」亞米說。

「我負責射門。」杜根說。

「不行！」其他隊員異口同聲地喊。

「射門交給蘭妮好了。」莎樂提議，「她跑得快。」

「至少我可沒替對方進球。」杜根嘀咕道。

「他又不是故意的。」蘭妮打抱不平，「我們是隊友。不管球進不進，我們都要團結。」

「對不起。」杜根居然道歉了，這倒令克魯茲意外。他原以為杜根會稍微反唇相譏一下。

第二次跳球，杜根又贏了，他把球撥向克魯茲，克魯茲迅速橫傳給亞米。他的室友把球拋給杜根，自己左閃右躲，奔向左側靠近巨岩底部的角落。馬提歐中計，跟了上去。庫斯托隊的其他人這時向右急轉，讓麥哲倫隊的隊員窮追在後。

「可惡！」尤莉雅突然尖叫。她被蠍子螫了。

太好了！克魯茲握拳拉弓。庫斯托隊正需要一個突破點！

現在右側變成四打三。克魯茲、莎樂、蘭妮和杜根不費吹灰之力就能躲過孫濤、卡特和阿里的攔截。克魯茲退上石階，用力把球拋給杜根。他們的三名對手仰頭看著球的動向，蘭妮趁機壓低身子，從克魯茲背後開溜，飛也似地跑上石階，庫斯托隊剩下的人繼續傳球誘敵。十秒後，蘭妮在無人把守的球門邊冒出頭。「這裡！」她大喊。莎樂接住亞米的傳球，「喝啊啊！」地大吼一聲，把球奮力往上拋。

蘭妮伸手把球攬入懷裡，然後瞬間轉身，把球灌進球門。

「得分！」勒格宏先生高喊。

平手了。

　「水喔！」克魯茲高聲歡呼，和莎樂、杜根和亞米擊掌，慶祝戰術完美執行。可惜他們慶祝得久了一點。孫濤一拿到球，立刻傳給馬提歐，馬提歐低拋給在半場附近已經恢復動作的尤莉雅。尤莉雅拔足狂奔，像一頭被獅子追趕的瞪羚。庫斯托隊沒人追得上她。就這樣，比分又改寫成二比一。接下來的幾分鐘，球權在兩隊間來回交換，但兩隊都沒能再得分。庫斯托隊又一次帶球過半場時，勒格宏先生宣布比賽剩下最後一分鐘。莎樂把球快傳給克魯茲。他向前跑了幾步，越過馬提歐的頭頂把球再傳給蘭妮。

　就在這時，克魯茲瞥見一根垂盪的海藻，突然想到一個主意。會不會他們運用海藻的方式根本就錯了。

　勒格宏先生沒說必須**攀爬**這些植物，只說可以善加利用。克魯茲跑向岩壁左側，

抓住一大把海藻，再跑上之字形的石階，從天花板垂掛下來的海藻跟著他一起移動。不過想牢牢握住並不容易。克魯茲得把這些黏滑的植物在手腕上繞個好幾圈才不會滑脫。

前方的阿里已經在球門前紮穩了馬步，張開雙臂準備攔截。

克魯茲停下來，解開手腕上的海藻，繞在腰上打了個結。他抬頭看向天花板，用最大力氣扯了幾下，海藻看來支撐得住。底下的蘭妮、莎樂和亞米現在散開成三角陣形，正互相傳球，尋找得分空檔。

克魯茲雙手圍在嘴邊大喊：「上面！」

球在蘭妮手上，她抬頭看到他，立刻把球朝他丟過去。

所有人的目光都盯著從半空中飛過的黑球。克魯茲看到球的拋物線朝峭壁中央飛去，他迎向球跑過去，伸長雙手接住，把球護進胸口。但沒有因此停下腳步，反而加快速度，一面把球換手，右手抓住藤蔓，左手臂把球摟在懷裡。他往邊緣外望了最後一眼，隨即一個踏步，縱身一躍，從峭壁邊緣盪了出去！

有人發出尖叫。聽起來像莎樂，但他不確定，因為……

他飛起來了！

海藻拉住了他。助跑讓克魯茲有足夠的慣性，往他預期的方向繼續往前盪。擺盪的同時克魯茲調整重心，準備把球投進球門。他必須算準時機才能躲過阿里。

「不行，你休想。」阿里氣得咆哮，「我這次不會再讓你逞英雄……」

現在克魯茲只要吊高球，把球扔過阿里的頭頂就能進了。再兩秒，他就能剛好……

阿里朝克魯茲直撲而來。他一個不小心可是會直接摔下去的！克魯茲盯著球門沒有移開目光。他快到了。

三……二……一……

就是現在！

克魯茲丟出球的那一瞬間，腰間忽然一陣刺痛。他還飛在半空中，但他的藻繩開始打轉，感覺得到繩子逐漸從手上滑脫。

慘了，抓住啊！

他不確定是他自己腦子裡在想，還是真的有人在尖叫，周圍天旋地轉，各種景物從眼前掠過。克魯茲的屁股狠狠撞上岩壁一側。說時遲那時快，沙子向上隆起，接住了他。克魯茲重重栽進地上。疼痛貫穿他的左右腳踝。肺裡的空氣也一下子被擠出來，他只能躺在沙子上大口喘氣。

教練的臉浮現在他的正上方。「克魯茲，你沒事吧？」

「沒事。」克魯茲聲音乾啞。「我……球進了嗎？」

莎樂低頭看著他。「我說過要避開海藻的。」

「那……球進了嗎？」

蘭妮拿下頭盔：「沒關係，」她說，「你盡力了。」

她的意思很清楚。他沒有投進。

比賽結束，麥哲倫隊獲勝，晉級決賽。

呼吸終於恢復正常之後，克魯茲坐起身，脫下頭盔。亞米和杜根扶著他站起來，克魯茲一跛一跛地跟著隊友走出球場。艾爾哈特隊和伽利略隊見他平安無恙，先是鼓掌為他打氣，然後才上場準備換他們開賽。麥哲倫隊已經退回到洞穴遠處的角落，正在擬定決賽的戰術。

「呃……克魯茲，你在流血。」蘭妮說。

克魯茲看到他的腰際有一塊紅漬，大約半根巧克力棒大小。他掀開上衣，看到三條抓痕，很短但很深。不必懷疑，一定是阿里的指甲抓的。

「哇！」莎樂驚呼，「要不要去醫務室啊？」

「不用了。」克魯茲回答，「我去洗一洗，馬上回來。」

克魯茲走進走廊前方不遠處的男廁，身體靠著洗手臺。阿里是故意抓傷他的嗎？或者只是太投入比賽才忘了分寸？他永遠忘不了阿里臉上輕蔑的表情，以及衝著他喊的那些話。克魯茲拉起上衣。「天啊，阿里，沒想到你可以這麼卑鄙。」

一抬頭，克魯茲看到鏡子裡映出另外一個人。「杜根！我……我……我沒聽到你……」

「我想你可能需要幫忙，自己一個人不好包紮。」

「謝謝。」

杜根走到洗手臺旁邊的壁櫥拿急救箱，克魯茲往臉上潑了些冷水，再用紙巾拍乾。

「傷口滿深的。」杜根掀開急救箱的蓋子說道。

克魯茲拉著上衣，仰頭看著天花板。「一定是……呃……被倒刺刮到了。」

「那麼剛好是三叉狀的倒刺？」杜根哼了一聲表示不信，「血已經止住了。我消毒一下，可能會——」

「哎喲！」克魯茲的腰一陣火燒般的刺痛。眼淚湧上眼眶。

「很痛。」杜根說。

疼痛慢慢緩和，克魯茲感覺傷口被輕輕壓住。杜根替他貼上了紗布。

「好了。」杜根宣布，「沒什麼大礙。」

「我爸也常常這麼說。」

杜根洗手的同時，克魯茲把急救箱收回去。

「真的謝了，杜根。」兩人走回洞穴的路上，克魯茲對他說道。

「沒什麼，我欠你的。你知道吧，新生入學那一次。」

克魯茲幾乎忘了開學第一天發生過這件事。當時海陶爾博士留下線索讓大家到洞穴找她，偏偏杜根執意不照線索行動，克魯茲只好回去找他。那一天彷彿已經是好久以前了。

「你沒有欠我。」克魯茲說，「我們是隊友……也是朋友。」

朋友這個部分，他其實沒有百分之百的把握。只是就這麼……脫口而出。雖然不是有意要這麼說，克魯茲還是很高興自己開了口，因為他眼前這個從來不笑的少年，終於笑了。

17

「你們知道大象怕什麼嗎？」克魯茲看著臺下的觀眾問。

「在機場搞丟行李箱？」菲力普鬧他。

所有人哄堂大笑，連蓋比埃教授也笑了。

「很接近，但是不對。」克魯茲說，「是蜜蜂！」克魯茲用這段開場白，展開他的非洲瀕危動物保育計畫報告。

「非洲象生性怕蜜蜂，所以保育學者決定嘗試在農地附近噴灑蜜蜂的費洛蒙，目的是預防大象在遷徙途中踩壞農作物。結果真的有用！」

除了討論避免人象衝突的方法，克魯茲也分享了非洲象面臨的幾種威脅，其中包括盜獵。獵人會獵殺大象，以供應象牙貿易的需求。象牙製品在大多數國家都是違禁品，但盜獵者並沒有因此收手。

「大象很聰明，也有感情。」克魯茲總結道，「大象會教導幼象、會為死去的同伴哀悼，也會學習並記住食物和飲水最充足的地方。我們再不保護牠們，遲早會失去大象。」克魯茲回座時，全班掌聲如雷。

「謝謝你，克魯茲。」蓋比埃教授說完，低頭看看他的電腦螢幕。「我看看下一個是……杜根，我們來聽聽你的獵豹保育計畫吧。」

杜根走向講臺。

「你報告得很好。」蘭妮在克魯茲耳邊小聲地說。「我一直以為大象記憶力很好只是謠傳。」

「是真的。」克魯茲說，「我讀到一篇文章，提到有兩頭大象分隔二十年後還互相認得。」

「真的嗎？我猜大象就算過了二十年，外貌變化也不大。不像人。我就連我三十二歲會長什麼樣子都無法想像。」

克魯茲歪著嘴對她笑了笑。「我一樣認得出是你。」

蘭妮拉拉她那一綹銀色的頭髮。「保險起見，我要留著這束頭髮。只是到了那個年紀這束頭髮大概也已經白了，跟我媽一樣。唉，四十歲好老喔。」

「別告訴她是我說的……」克魯茲湊近她，「瑪莉索姑姑四十二歲了！」

發現蓋比埃教授低著頭，從眼鏡上緣瞪著他們，他們趕緊閉上嘴巴。杜根正在介紹獵豹的相關知識，還播了一段全像影片，畫面中強壯的獵豹在非洲草原上奔馳。「獵豹是陸地上速度最快的動物。」杜根說，「能在三秒內從靜止加速到時速一百一十公里。獵豹的尾巴長而扁，肌肉強健，有助於保持平衡及控制方向，有點像一艘船的舵……」

克魯茲平板電腦上的郵件圖示開始閃爍。上課規定不可以收信。克魯茲看著圖示閃爍了好幾分鐘，忍不住把電腦滑到腿上，用小指頭輕點一下圖示。是瑪莉索姑姑傳來的訊息。

克魯茲：

你的線索我有頭緒了！你媽媽多年前曾因公前往

啾！啾！

克魯茲猛然抬頭。他認得這個聲音！他原以為是平板電腦裡傳來的，可能是他不小心按到密碼影片的播放鍵。

啾！

克魯茲呆住。那聲音不是來自他的電腦。

「獵豹不會吼叫，」杜根正在向全班說明。「動物的喉部需要有一根特殊的骨頭才會吼叫。獵豹反而會發出像鳥鳴的叫聲，最遠一點五公里外也聽得見。」

啾！

看到母獵豹對幼豹發出小鳥般的叫聲，克魯茲差點跌下椅子。吃驚的不只有他。亞米的心情眼鏡出現飛快旋轉的黃色、綠色和粉紅色，蘭妮張大了嘴。坐在蘭妮另一邊的莎樂也突然變得正襟危坐。他們都發現了！

「獵豹還會發出其他聲音。」杜根補充說，「像是呼嚕、嘶聲和低吼……」

亞米用手肘推推克魯茲。「全世界只剩一個地方還有野生的獵豹。」

克魯茲知道，就是納米比亞。

「那裡有一個獵豹保育中心。」亞米說，「我很確定。」

「我也很確定。」克魯茲低聲回答。他剛才把瑪莉索姑姑的訊息讀完了。克魯茲把螢幕轉過去給他的室友看。

克魯茲：

你的線索我有頭緒了！你媽媽多年前曾因公前往非洲，在納米比亞的獵豹保育中心執行研究計畫。她和保育中心現在的營運長奇揚妲・喬喬茲博士是好朋友。我聯絡過喬博士，她說多年來一直期待見到你──而且知道你的名字！我想我們就快找到了！船很快會在蒙巴沙靠港，我得快點把事情安排好。

愛你的，

瑪莉索姑姑

附註：希望你讀了課本第六章──今天有考古倫理學的小考！

克魯茲兩手交疊，靠在他房間陽臺的欄杆上。他仰起臉，迎著午後陽光，任由清新海風吹涼他的臉頰。獵戶座號劃開印度洋的幽藍海水，緩緩調轉船身，駛入通往蒙巴沙港的航道。亞米在他旁邊，手指輕點GPS別針，讀起投影在崎嶇海岸線上的資訊。「我們即將抵達基林迪尼港。」亞米說，「在史瓦希利語中，基林迪尼是『深水』的意思。港口中心最深處有五十五公尺。」

「嗯。」克魯茲漫不經心地回應。船平順地航行，經過了守望在最高點的黑白條紋燈塔。遠方一排棕櫚樹搖擺枝葉，像在歡迎他們。

「蒙巴沙是肯亞最古老的城市之一，曾經是黃金、象牙和香料貿易的樞紐港……」亞米依然喋喋不休，但克魯茲已經沒在聽了。

他注意到一名風帆衝浪手。看到迎風鼓起的白帆切入船尾後方借浪前進，克魯茲忽然覺得很羨慕。他在海上航行了那麼久，竟然幾乎沒機會下水？海是克魯茲除了爸爸之外最想念家鄉的一件事。奔進浪裡時，帶泡沫的海水在他的腳踝邊溫柔旋轉；趴在衝浪板上等待大浪湧來時，海水輕輕搖晃著他的衝浪板——克魯茲喜歡海水的一切變

化，就連他失去平衡、被兇猛的捲浪懲罰的感覺，他也想念極了。那個衝浪手向後仰，調整帆桅的角度，輕巧地離開了獵戶座號的尾流。克魯茲把身體伸長到極限，探到欄杆外面看那個人衝浪，直到他消失在船側。克魯茲真希望他也能玩一下風箏衝浪或風帆衝浪，但他知道他們在蒙巴沙不會停留太久。

昨天班乃迪克教授的新聞學課下課前，蓋比埃教授走進教室，手裡拿著一個黑色的小絨布袋。「各位同學，我們的考察計畫有些許變動。學會裡一位貢獻卓著的科學家向我們提出特殊請求，我很榮幸向大家宣布，納米比亞獵豹保育中心的喬喬茲博士得知我們的日動機器人計畫，邀請各位前往瓦特貝格高原公園部署機器人。」

克魯茲興奮地用拳頭敲了敲課桌側面。**多謝瑪莉索姑姑！**

「因為這個出其不意的發展，」他們的保育學教授繼續說道，「一半的同學仍會按照原定計畫，跟我和石川教授前往坦尚尼亞。另一半的同學則和柯羅納多教授以及范德威克博士前往納米比亞。」

克魯茲靠前坐直。塵埃尚未落定，沒聽到實際的安排還不能放心……

「因為杜根同學以獵豹保育為主題，做了非常精采的報告。」蓋比埃教授說，「庫斯托隊會是前往納米比亞的隊伍之一。」

也多謝杜根！

「另一個前往納米比亞的隊伍就用抽籤來決定。」保育學教授把絨布袋伸向班乃迪克教授，「可以請你主持抽籤嗎？」

班乃迪克教授搓搓雙手，把手伸進袋子裡。克魯茲知道袋子裡一定有三枚圓籤，他看著她在袋子裡攪了攪，露出笑容，抽了一枚圓籤出來。教室裡鴉雀無聲。她把圓籤轉過來面對大家。「伽利略隊！」

克魯茲鬆了一口氣。他不必擔心阿里了。而且伽利略隊的隊員中，他只和菲力普和米夏相處過比較久，有機會多認識貝莉絲卡、寇拉松、威瑟麗和帕榭也是好事。貝莉絲卡是她隊上唯一的美國人（來自紐約布魯克林），帕榭是希臘人，威瑟麗是英格蘭人，寇拉松小名柯利，是墨西哥人。菲力普來自智利，米夏是土庫曼人（在學院的時候他解釋過，土庫曼人是中亞國家土庫曼的主要民族）。

有人拉了拉他的袖子，克魯茲瞬間回到現實中獵戶座號的欄杆旁。「我們最好趕快準備。」說話的是亞米，「船馬上就入港了。」

他們一起走進艙房。

克魯茲的新行李袋還沒送到，所以泰琳把她的借給他。他二度確認袋裡的物品，確定接下來兩天可能會用到的東西都收進去了，亞米也在做一樣的事。克魯茲不經意地看了他朋友一眼，然後揉揉眼睛再看一次。亞米的OS手環上顯示的是一條紅線嗎？克魯茲繞過床鋪，歪頭仔細端詳室友的手腕，看到「心跳」的字樣。

「呃……亞米？」

「幹嘛？」他拉上側邊口袋的拉鍊。

「你要不是死了，就是手環的心跳監測器故障了。」

亞米把手轉向另一邊。「哦，你說這個。」他看起來不太擔心自己沒了生命跡象。「是我媽啦，這表示她有事找我。」

「你最好趕快修好，你也知道泰琳——她隨時有可能拿著心臟去顫器破門而入，大叫『大家離開』！」

亞米笑了。「不會啦。我們知道怎麼繞過泰琳的電腦。」

為什麼他一點都不意外？

「那你不是應該……回覆訊號嗎？」克魯茲催他。

「你說現在？在這裡？」

「不行嗎？」

「我……嗯，也可以啦。我是習慣去B層甲板的冷藏艙，那裡通常很冷，或是上樓去觀測甲板的溫室，那裡通常很熱。」

「這裡不冷也不熱，豈不正好。」

亞米把萊姆綠色的眼鏡框推上鼻樑，走回來坐上床上。「感覺怪怪的，在你面前和她說話。」

「要我迴避嗎？」

「不用了。」亞米戳了一下通訊別針，「盧亞米呼叫盧潔帕。」

「嗨，亞米。」一秒鐘後他媽媽回答，「我有新消息。」

海嘯般的一陣雞皮疙瘩襲上克魯茲全身。

他聽到亞米吞了吞口水。「什麼消息？」

「芳瓊有突破了。」盧博士說，「她找到解毒劑了，多虧佩特拉・柯羅納多的研究。」

原本佇在床腳的克魯茲倒向床上。**太好了！**

「我們已經用高速無人機把解藥送往康培拉，應該不到一個鐘頭就會送到。不過還不能放心。」盧博士慎重地說，「未來三十六小時內會有進一步回報。」

「謝了，媽。」亞米說，「有消息隨時跟我說。」

「我會的。聽說你們要去納米比亞，別忘了擦防曬乳。」

「我知道。」

「帽子也要記得戴——戴能遮脖子的那頂，你也知道你很容易曬傷。」

亞米對克魯茲翻了個白眼。「我知道啦。」

「差點忘了。我讓芳瓊回去休息一下，但她臨走之前請我幫個小忙，應該馬上就到。盧潔帕，通話結束。」

克魯茲翻個身，用一邊手肘撐起身體。「什麼到？」

亞米抬起眉毛。

兩人靜靜地等待敲門聲。

始終等不到人來，克魯茲又仰天倒回床上，讓後腦勺沉入枕頭裡。

嗡嗡嗡！

兩隻金黃色的眼睛對著他閃。

「魅兒！」克魯茲驀地坐直，額頭撞上他的微型無人機。小蜜蜂滾落到他的大腿上。

「噢，糟糕！」魅兒才回來十秒鐘，他就又把她弄壞了？

「魅兒，對不起。」克魯茲輕輕替她翻身，看起來沒有壞，但只有一個方法可以百分之百確定。「魅兒，飛行測試。」

蜜蜂眨了兩下眼睛，表示收到指令，隨即飛升到視線高度懸停五秒，然後繞∞字試飛一圈，範圍涵蓋艙房的各個角落。他們看著她尖嘯破空，飛到距離天花板不到兩公分處，旋即俯衝下降，眼看就快撞到地板，又及時向上拉回。芳瓊沒有唬人。她真的讓魅兒更進化了！無人機現在速度更快，轉彎也更精準。魅兒向一側傾斜，繞過坐在床上的亞米，往舷窗飛去。這個動作克魯茲每次看了都很緊張，覺得魅兒一定會撞上窗戶。他一手摀住雙眼，從食指和中指縫之間偷看，見到她順利在窗前轉彎才放下來。魅兒再度向下俯衝，做出令人驚豔的空中橫滾，最後回到克魯茲伸出的手掌上方，懸停片刻，然後完美降落，搔得他的掌心癢癢的。

「愛現。」克魯茲在她著陸時笑著說。

魅兒歪了歪頭。

嗚——！

獵戶座號鳴笛了。他們感覺到船漸漸慢下來，該準備上岸了。

克魯茲握著微型無人機，把兩隻手臂穿進外套，然後張開拳頭。「魅兒，關機。」等她的金色眼睛暗下來，克魯茲才小心翼翼地把她放進外套右上方的口袋裡。

亞米先走出艙房，克魯茲一腳剛跨出房門，忽然想到他忘了一件重要的東西。「魅兒的遙控器！」他連忙轉身。「亞米，你先走，我馬上就跟上。」

克魯茲匆匆跑向床邊桌，翻開白色紙盒的蓋子，抓出裡面唯一剩下的蜂巢別針，鋪在盒底的一小團棉花也卡在別針上一起被拉出來。克魯茲甩掉棉花，正要把遙控器別到制服上，忽然發現盒底蓬鬆的棉花底下有幾個字。

間諜。**危險**。

「盧亞米呼叫克魯茲・柯羅納多。」

克魯茲按下通訊別針。「克魯茲收到。」

「你不來嗎？他們放下舷梯了。」

「等我一下。」克魯茲把盒子翻過來搖一搖。剩下的棉花全飄了出來。他把手掌翻正，讀起寫在盒內的訊息：

獵戶座號上
有涅布拉的間諜。
危險比想像中更近。
間諜是探險者。

18

「看到了！」杜亞米興奮地向前傾，肩膀碰地一聲撞上四輪傳動自駕車的儀表板。「瓦特貝格高原！」

坐在亞米旁邊的范德威克博士，以及後兩排座位上的克魯茲、莎樂、蘭妮和杜根，共同發出一模一樣的讚嘆聲：

「哇！」

巍峨的平頂山矗立在平原上，宛如一座龐大的石城。山腳下被蔥翠茂密的樹叢和樹林層層包圍，這座砂岩構築而成的堡壘在正午的陽光下煥發紅光。坐在亞米正後方的克魯茲轉身面向車窗，讓他的 GPS 墨鏡辨識地景：

瓦特貝格高原，長四十八公里，寬將近十六公里，一九七〇年代在戰爭期間成立自然保護區。保育人士從其他受戰火侵襲的野生動物保留區，拯救了黑犀牛、黑馬羚、伊蘭羚和非洲水牛等動物，移置到這片岩石高地上。這座形狀像桌面的山海拔兩百二十公尺，為動物提供了必要的保護，免於戰爭、獵人和其他威脅。今日，高原本身及周圍四百平方公里的範圍，劃為瓦特貝格高原公園。許多瀕危動物棲息在這裡，如白犀牛、黑犀牛、獵豹和花豹，還有其他數以百計的動物，包括狒狒、羚羊、斑馬、長頸鹿，以及超過兩百種鳥類。

車子放慢速度。克魯茲暗自希望目的地就快到了，感覺坐了好久的車。昨天搭飛機從蒙巴沙到納米比亞首都文胡克就花了四個鐘頭。他們傍晚才抵達，隔天一大清早吃過炒蛋、番茄和香腸早餐，馬上又出發前往瓦特貝格。

獵豹保育中心位於首都北方，距離將近三百二十公里。他們上路已經快五個小時，一路塵土飛揚地馳騁在筆直的道路上，經過綿延無盡的灌木叢地。車輛在納米比亞是靠左行駛，克魯茲很不習慣，感覺就像右撇子卻改用左手寫字一樣。路上因為一頭劍羚突然跳出來過馬路，被迫停下來休息一次；兩次是為了停車充電，車子的蓄電系統似乎有問題；另外三次是因為亞米，他的熱量儲存系統也有問題。

「他怎麼有辦法一直吃，還吃那麼多？」蘭妮忍不住問。他們在充電站外伸展筋骨，看著亞米囫圇吞下一盒木瓜優格。

「我看他是小飽饋。」莎樂取笑他說，「牠必須不停地吃東西，否則會死掉。」

「我新陳代謝快嘛。」亞米舔著湯匙，「不然還能說什麼？」

漫長的車程也給了克魯茲時間思考。那段沒有署名的警告是真的嗎？還是涅布拉想要嚇唬他？克魯茲拉低墨鏡，視線來回逡巡，從亞米的後腦勺看向他身旁打瞌睡的莎樂，再看向蘭妮和坐在他後面的杜根。

危險比想像中更近。

間諜會不會是他的隊友？甚至是他信任的好朋友？

自駕車轉下公路，開進顛簸的泥土路，四輪激起漫天泥沙，克魯茲差點沒看到路邊的立牌：伊岡堡招待所。他把牢騷吞了回去。因為他希望他們可以直接前往保育中心。已經過了下午一點，難道他必須等到明天出任務時才能見到喬喬茲博士嗎？

他們的車在另一輛一模一樣的車旁邊停下來。那肯定是瑪莉索姑姑和伽利略隊搭的車。

「我敢說伽利略隊一定早就放好行李、吃過午餐，還把日動機器人全都部署好了。」杜根恨恨地說。

「不可能。」范德威克博士說，「機器人在我們車上。」

庫斯托隊馬上歡呼起來。

「您已抵達目的地。」車上電腦系統的女聲說，「現在氣溫攝氏二十七度，天氣多雲時晴。午後可能有雷陣雨，最高氣溫可達三十一度。本車已設定未來三天將留在此地供您使用。要延長時間或需要協助，請按求助鍵。謝謝您選擇自動汽車，祝您搭車愉快。」

克魯茲走下車，往後彎腰伸展背部，聽到他的脊椎喀啦作響。頭頂上方是縷縷薄紗般的白雲，降低了藍天的飽和度，和煦的微風吹拂著他的頭髮，偶爾傳來一陣烤肉香。招待所是一棟紅磚平房，屋頂鋪著茅草。修剪整齊的草地上有一座用石板鋪成的腎形涉水池，孔雀悠閒地四處走動。不遠處有一座藤蔓糾結的圓拱涼棚通往門廊，門前有一排木頭搖椅，油漆像馬鈴薯皮一樣斑駁剝落。

瑪莉索姑姑穿過涼棚奔向他們。「你們到了。」

「總算到了。」范德威克博士慢吞吞地走向後車廂。庫斯托隊也跟上去，動手把行李和裝備搬下來。

「探險者，回房間放好行李後，出來到露天陽臺吃點東西。」瑪莉索姑姑吩咐他們，

「很好吃哦——有當地稱為蘇沙嗲的烤肉串、烤麵包和紅蘿蔔豆子沙拉。」
「我餓扁了。」亞米說。
蘭妮拍了一下額頭。「太誇張了。」
「我就說他是小飽饋。」莎樂從後車廂背起行李袋，嘀咕著說。
克魯茲伸手正要拿印著「探險家學院科技實驗室：獵戶座號」的手提箱，范德威克博士按住他的手臂。「克魯茲，日動機器人先放著沒關係。我馬上就要去研究中心安排部署作業了。」
「你說現在？」克魯茲很意外。「你現在要去？」
「對。我總是要先把事情安排到可以說走就走才會比較安心。」
「我可以去嗎？呃……我是說，去幫你。」
范德威克博士啜了一口水壺的水。「你不吃午餐嗎？」
「我不餓。」他說謊，「我很想去看看保育中心。」
「好吧，你可以來，只要你姑姑沒有別的安排。」
「沒關係。」瑪莉索姑姑說道，對克魯茲眨了個眼。「你先上車好嗎？我要跟范德威克博士說一下話。」
克魯茲才拉開右前座的車門，蘭妮已悄悄來到他旁邊。「要我一起去嗎？」她低聲問。
「我最好自己去。」

「我替你把背包拿進去。」她退一步。克魯茲坐進自駕車。蘭妮沒有立刻拿起行李走進招待所，反而是在原地用食指點著下巴，從門牙中間的小縫吸氣，發出吱吱聲。克魯茲都笑稱她這是開啟老鼠聊天模式。這個動作代表蘭妮不但在思考，而且是陷入沉思。

「你有事沒告訴我。」蘭妮說。「怎麼回事？」

她究竟怎麼辦到的？認識蘭妮的人，絕對會以為她是不是發明了什麼裝置可以接收他的腦波，聽見他的念頭。克魯茲還在掙扎該不該把涅布拉在探險者中安插間諜的事告訴她。能向信任的人吐露實話，一定會輕鬆許多，但也有可能害她置身危險。

她還在等他回答，原本只是靜靜地站著，現在開始用腳趾點地了。

克魯茲探出車窗。「你有沒有想過，你知道得少一點也許比較好？」

「沒有。」她回答得飛快，打斷他的話尾。「通常我知道得愈少，你遇到的麻煩就愈大。」

他張開口想反駁，但一個字也想不出來。蘭妮看起來很得意能夠辯得他啞口無言。

范德威克博士開門坐進他旁邊的座位。「都準備好了？」

「當然了。」克魯茲回答，同時向蘭妮揮揮手。

她也向他揮手，並用嘴形無聲地說：「祝你好運」。車子緩緩開動，克魯茲緊盯著照後鏡裡的她。蘭妮沒有動，仍舊站在原地——手指扶著下巴。他敢用一星期的點心來打賭，她一定又在老鼠聊天了。克魯茲一直看著她，直到飛揚的塵土完全遮住了她。要和這樣一個懂得讀人心思、深思熟慮，還會老鼠聊天的好朋友相處，真是不容易。蘭妮．基羅哈以前是、現在也是，可能永遠都會是他的一大挑戰。

謝天謝地。

和范德威克博士在保育中心的大廳等候時，克魯茲研究起牆上一排裱框的野生動物攝影照。他緩步移動，一張一張瀏覽照片，首先看到一群棉花糖粉紅色的紅鶴，單腳站立，靜靜沐浴在薔薇色的晚霞中，長脖子和頭都埋在羽毛裡。下一張照片是一隻獵豹媽媽和牠的孩子，小豹頭上還留有初生的絨毛。不知道是黎明還是黃昏的金黃光芒照耀大地，母子倆背對鏡頭往遠處走去。牠們走在沙土小徑上，獵豹媽媽昂起圓點斑斑的脖子，警戒地豎起耳朵。小豹伸出腳掌，調皮地撥弄媽媽的彎尾巴。獵豹媽媽的腳印成一條直線，寶寶的腳印卻左歪右拐，反映出牠的好奇心。最後一張照片是一張特寫，主角看起來像一隻迷你鹿。長耳朵之間長著兩根短而直的小黑角。烏黑濃密又捲翹的睫毛底下，棕色的大眼睛幾乎占據整張長臉。小鹿直直望著鏡頭。

「那是柯氏犬羚。」克魯茲背後傳來人聲。他回過頭，看

到一位黑皮膚的女子，個子很高，留著耳後剃平的短髮，身穿牛仔褲和白棉衫，捲起袖子。

「是世界上最小的羚羊，身高不到四十公分。我拍照的地方離這裡不遠。」

「這些都是你拍的嗎？」

「大部分是。」黑眼睛眨了眨，眼皮上面金光閃閃。「你一定是克魯茲吧。你姑姑說過你會來。」

「你是喬喬茲博士？」

「叫我喬博士就好。」她歪頭看他。「你長得和她很像你知道吧。」

「像我姑姑？」

「像你媽媽。」

克魯茲靦腆地笑了。

喬博士走回大廳，揮手示意克魯茲和范德威克博士跟她走。「我帶你們進去裡面。」

喬博士帶他們進到實驗室，介紹他們認識另一位保育員，阿穆特亞博士，他負責協調探險者這次的任務。喬博士的身高起碼有一百八十公分，但阿穆特亞博士足足又比她高了十公分。

范德威克博士打開工具箱，拿出一個扁扁的日動機器人樣品，和她向探險者展示的那個長得一樣。「我們可以設定程式，讓機器人模仿任何一種植物。」她開始說明。「我們希望是小巧結實的常綠植物，動物看到會自動迴避的最好。也許可以選擇有棘刺或刺針的植物。」

「硬的多肉植物或許不錯，例如蘆薈。」阿穆特亞博士提議。「不，等等！我想到了！生石花。這種植物具備了我們希望的所有特徵，葉子長得就像石頭，口渴的動物一定不會想咬。」

「好酷！」克魯茲叫道，「機器人模仿植物模仿石頭！」

大家都笑了。

「我們來為這種植物找一張清楚的立體圖。」范德威克博士。

阿穆特亞博士駝著背看電腦。「我用拉丁學名搜尋看看，*Lithops pseudotruncatella*……」他幾秒鐘就調出一整個相簿的照片。博士說得對，這種植物長得真的就像一顆直徑幾公分的圓石子，從中央裂成兩半。其中幾張照片上，兩片平滑的灰色葉瓣中間還開著花瓣細長的鮮黃色花朵。

「我再把圖檔載入軟體，進行3D分析和複製。」范德威克博士說。

「可以設定成一具機器人模仿一叢植物嗎？」阿穆特亞博士問。

「沒問題。取得合適的完整圖像以後我再示範給你看……」

克魯茲感覺有人拍拍他的肩膀。喬博士對他勾勾手指。

終於！喬博士要給他第四塊密碼石了！克魯茲深呼吸好幾口氣，努力保持冷靜，跟著她走進走廊。

「我們到了。」她示意他先進去，她跟在後面把門關上。

她的辦公室和克魯茲在家裡的臥房差不多大。牆壁上掛滿更多野生動物的照片，有獅子、野狗、大象、犀牛、花豹、羚羊、禿鷲、疣豬，以及一些他不認得的動物，例如一隻貌似鸚鵡的紅眼灰鳥，和一隻圓滾滾像獾的動物。照片多到克魯茲在窗邊看到一小片裸露的牆面，才知道牆壁是漆成鼠尾草綠色。喬博士的辦公室俯瞰一座小中庭，周邊與保育中心的六、七棟灰泥建築相連。

喬博士在書桌後方坐下，發現他在東張西望。「這是我的興趣——好吧，可能更接近癖好。你媽媽也喜歡攝影。」

「真的嗎？」

「是啊。而且她拍得很好。只要她願意，絕對有能力當上專業攝影師。你在大廳看到獵豹照片了吧？那就是她拍的——她送我當禮物。她在這裡做基因多樣性研究的時候，我們只要有空就會到野外拍攝野生動物。」

「基因多樣性？」克魯茲在生物學課上聽石川教授提過一次這個名詞，但他們還沒學到那個部分，所以他不太知道是什麼意思。

「就是一個物種的基因庫內存在的變異。」喬博士說明。

克魯茲還是一頭霧水。

喬博士進一步解釋。「一個生物族群內，如果有愈多不同的個體組成，這個族群會愈健康。要是族群縮小，個體數量減少，不管是因為氣候變遷、棲地破壞、盜獵還是其他原因，都有可能導致先天缺陷和疾病等等問題。多樣性愈高，一個物種存活的機率也愈大。」

克魯茲聽了很好奇。「我媽研究的內容是什麼？」

「她的研究對象包含獵豹。因為一萬兩千年前的生物大滅絕，這種貓科動物的基因多樣性已經變得很低了。你媽媽做的基因組研究有助於揭露過去發生的事，讓我們能設法預防基因多樣性在未來進一步降低。她的研究結果幫助過——應該說，到現在仍不斷幫助我們拯救瀕危物種。」喬博士從書桌角落拿起一個橢圓形相框。「你媽媽，她很聰明……可是她從來不會自視不凡。我們一起做過很多歡樂的事。」她把相框斜過來，讓克魯茲也能看見相片。

克魯茲一眼認出團體照裡的媽媽。她手臂曬得黝黑，勾著喬博士的脖子，而且咧開嘴笑得很燦爛，幾乎稱得上開懷大笑。

他忽然有一股奇異的感覺——混合了滿足，還有悲傷。這種感覺很怪，但也不陌生。克魯茲以前就感受過。第一次是在挪威，他在種子庫尋找第二塊密碼石的時候，後來在佩特拉古城，他在拜占庭教堂找到第三塊密碼石的時候又出現過一次。那是他意識到自己正走在她走過的地方、觸摸她摸過的東西所產生的感覺。克魯茲正在實現她的使命。這是帶給他滿足的部分。悲傷的部分則來自遇見媽媽的故友，像是冰島的諾里，和眼前的喬博士，他們認識她、關心她，也和他一樣想念她。悲傷來自於他知道，就算他成功找齊她的配方了，他追逐的終歸只是個幻影。她已經不在了。克魯茲不管做什麼都改變不了這個事實。

喬博士凝視著照片，沉浸在回憶當中，雙眼泛著水光。

克魯茲的電腦響了。鈴聲把他們兩人都嚇了一跳。

是范德威克博士打來的視訊電話。「我準備好回招待所了。」她說。

「呃……」克魯茲對喬博士露出驚慌的眼神。他還不能走，而他們兩人都知道為什麼。

「你跟她說，我正在帶你參觀中心。」喬博士小聲地說。「十分鐘後在大廳和她會合。」

克魯茲轉達了她的話，然後掛斷。

喬博士拿起鑰匙打開抽屜。「克魯茲，我有一件東西要給你……是你媽媽留下的。」

克魯茲重重地吸了一口氣。

「我答應她會好好保管，一直保存到有一天你來拿回去。」他聽見抽屜被拉開的聲音，但他伸長了脖子還是看不見她伸手拿了什麼東西出來。「我知道見到以後，你一定會覺得我的話有點誇張，但我發過誓，一定要把這東西交給你，而且只能給你。」

克魯茲心跳加快。他拚命把汗溼的手掌擦在褲管兩側，然後捧起掌心，越過辦公桌伸向她。沒想到，喬博士放進他手裡的東西並不是他期待的小三角形大理石片。

差得遠了。

19

「T恤？」杜莎樂皺著鼻頭。「你媽媽留給你一件紀念T恤？」

克魯茲也還在錯愕當中，雖然回到招待所快半小時了。他原本篤定第四塊密碼石就在喬喬茲博士手上。畢竟，她們過去是很好的朋友，而且喬博士和他媽媽一樣是個科學家，一定能夠理解且尊重佩特拉・柯羅納多創時代的發現。可是，克魯茲的媽媽沒有把石頭寄託給朋友保管，反而給了她這個。

「這是另一個線索。」蘭妮說。

她們兩個女生一聽到克魯茲回來了，立刻趕來他和亞米的房間。

「我看看。」蘭妮撬開克魯茲攢緊的拳頭，小心拉出那件白色上衣。她把衣服拿高，讓莎樂和亞米也看得見。

T恤正面是一張印刷照，一棵枯瘦的黑樹兀自矗立在荒涼的

灌木叢地形。枯木後方是滾滾紅沙築成的高大金字塔，尖端指向明朗的藍天。照片底下印有一行字：**死亡谷，納米比亞索蘇斯鹽沼**。蘭妮把衣服翻過來，背面一片空白。

莎樂歪頭辨認那行字。「這個索蘇斯鹽沼在哪裡啊？」

「在納米比沙漠，是一片窪地，地質主要是鹽和黏土，大概每隔十年會發生一次洪水。那裡有世界最大的沙丘，有的沙丘高度超過三百公尺。」克魯茲。

蘭妮用手指描著金字塔沙丘塔起伏的輪廓。「我第一次看到這個顏色的沙丘。還有這種形狀。」

「喬博士說，這又叫星丘。」克魯茲解釋，「在納米比沙漠，風從四面八方吹來，因此吹出星星形狀的沙丘。死亡谷是索蘇斯鹽沼的一部分，但沙子堵住河流，所以不再有水流過。喬博士說，照片中枯黑的樹是幾百年前枯死的刺槐。沙漠空氣太乾燥，枯木無法腐爛分解，所以還站在那裡像一具骷髏。」

「骷髏木和星丘。」蘭妮說，「真像外星球。」

「酷。」莎樂說，「所以我們什麼時候去？」

「我希望是明天。」克魯茲回答。他稍後就打算去找瑪莉索姑姑，徵求她同意。克魯茲換了個姿勢，「問題是……我們另有任務。我總覺得姑姑可能不會讓我們全部一起去。」

所有人沉默了一會兒。

「沒關係。」蘭妮開口，「我不一定要去。我是說，我很想去，但假如一定得挑人留下，我願意留下來……」

「我也是。」莎樂悶悶地說。

「就算你只能帶我們其中一個或兩個人去，也沒有人會生你的氣。」亞米說，「失望歸失望，但是不會生氣。」

克魯茲如釋重負。「謝謝你們。」

他接過蘭妮遞回給他的上衣，塞進制服前胸，走進走廊，前往瑪莉索姑姑的房間。

「怎麼樣？」他姑姑在他關上房門的兩秒鐘後問道。

克魯茲把保育中心發生的事告訴她，然後拉出那件紀念上衣給她看。

她把T恤甩平，手鍊上的吊墜叮噹作響。「我和喬博士聯繫以後，真的以為……」

「我也是。」克魯茲說，「但是我沒有氣餒。」

「很好。」

「我在想，我可以明天去。」

他姑姑把T恤披在椅背上。「去索蘇斯？」

她這麼問難道另有含意？她應該也看得出這就是下一條線索，他不去不行吧。「呃……對。」

「克魯茲，納米比沙漠不是巷口的雜貨店。」瑪莉索姑姑說。

「我知道，但是——」

「你要坐車幾百公里到達沙漠中央，才能去找沙丘，然後在幾百公尺高的沙丘中，尋找一塊大理石，大小不過跟……一個核桃差不多？簡直是大海裡撈針，而且我要提醒你，那是一片嚴酷無情的沙海。你知不知道，納米比沙漠白天氣溫可以超過攝氏三十八度？」

「可是勒格宏先生的野外求生訓練課，我的成績幾乎都拿A。」他為自己辯駁。

「勒格宏先生或許會答應，海陶爾博士絕對不會。」她雙手叉腰踱步走到窗邊。「還有你爸——我無法想像他會怎麼說。」

克魯茲嘆了口氣。「我不懂有什麼大不了的。你們也讓我去佩特拉了。」

她猛然回頭。「結果你差點被落石活埋。讓你去佩特拉我不太高興，但那裡起碼是歷史古蹟，有很多保全人員和遊客。不像炎熱遼闊的沙漠，除了毒蛇還有蠍子。何況當時還有亞米和莎樂陪你。」

「我這一次也可以帶他們一起去——」

「你忘了他們還有重要任務嗎？你也一樣。我們明天就要部署一半的日動機器人，後天再部署完另一半。」

「也才去一天。」

「那已經是**半趟**任務了。」

克魯茲覺得臉頰發熱。心裡很不服氣。失望透頂。「瑪莉索姑姑，你不能不准我去！」

「噓！」他姑姑指指牆壁，提醒他外面可能會有人聽見。「沒有必要急著做這件事。不論那裡有什麼，過幾天任務結束後一定也還在。我們先冷靜下來，花點時間好好思考──」

「任務結束後，你就會讓我去了？」

「也許吧……克魯茲……我不知道。」

克魯茲突然有個想法。「你可以跟我去。」

「我也希望可以，但是……」她搖搖頭，馬尾左右甩動。「我有責任在身。我不能在考察途中突然離開。我是負責人，我必須確保所有下船的探險者平安回到船上──」

克魯茲一股腦抱怨起來。「所以你不讓我自己去，可是你也不來。」

他話才出口就意識到，他可能催得太急了。他姑姑板起臉。「這就是我擔心的事。」

「什麼事？」

「尋找石頭遲早會妨礙你的課業。」他姑姑說，「我當然想支持你，但你是探險者，應該以探險者的事為優先。」

「我知道。」

「你真的知道嗎？我愈來愈懷疑了。克魯茲，尋找配方現在占用你愈來愈多時間，你的心思都不在學校了，我不希望你犧牲未來，只為了……為了……」

他用力吞下口水。「為了一場空？」

「那不是我要說的。」她穿過房間走向他，「我要說的是未知。我們對那個配方還有很多不了解的事，甚至可能永遠不會明白。即使後來發現，那是人類有史以來最重大的醫學發展，那也不是你的成就。探險家學院的精神是要你追尋屬於你的道路。你還不明白嗎？我欣賞你做這件事，但代價不應該是犧牲你的夢想。」

「不會的，瑪莉索姑姑。」克魯茲發誓。但即使是抱住她的當下，他內心仍不免懷疑他姑姑擔心的事早已發生。

晚餐前，克魯茲決定把紀念T恤穿在制服底下。他正要把學院的T恤脫掉時，不小心把包紮在肋骨上的繃帶也扯掉了。阿里的抓痕現在只剩下三條淡紅細線。傷口看來沒有他當下感覺的嚴重。紀念T恤穿起來偏大，但他不在乎。

六點一到，克魯茲和亞米加入其他探險者、瑪莉索姑姑和范德威克博士，來到招待所後方的露天陽臺，享用傳統納米比亞燉肉火鍋。大塊的肉、胡蘿蔔、南瓜和番茄，放入當地稱作「帕吉鍋」的三角鑄鐵鍋中，慢火燉煮幾個鐘頭。之後加入洋蔥、淡咖哩，以及有柑橘和生薑香味的薑黃調味，上桌時搭配米飯，好吃極了。食物下肚，克魯茲覺得心情好多了。

飯後大家圍坐在營火邊。夕陽餘光把地平線邊緣染成火焰般的橘色。一輪滿月悄悄滑進寶藍色的夜空，星星也開始閃爍。探險者邊吃覆盆子巧克力冰淇淋，邊聽招待所的兩位樂手彈吉他唱歌。大家都關掉了語言翻譯器，以示對表演者的禮貌。克魯斯雖然聽不懂奧萬博語的歌詞，但他喜歡那個歡愉輕快的旋律。

克魯茲吃完冰淇淋，把外套拉鍊拉下幾公分，低頭就能隱約看到胸前的紅色沙丘。他媽媽為什麼只留給他一件衣服，卻沒有更多具體的指示？簡直就像要他「搜尋大西洋」或

「到大峽谷找找」。但換個角度想，如果這就是重點呢？也許他本就不必弄懂每一件事。也許有些事本來就該拿出信心，然後……

放手去做。

假如這**就是**他的天命呢？

意識到自己心中的念頭，克魯茲的呼吸愈來愈快。這會是一場大冒險。他會錯過第一天的任務。他和瑪莉索姑姑、他爸爸及海陶爾博士的關係，絕對會陷入緊繃。他有可能什麼也沒找到。不過，假如**真的**被他找到了什麼，他們就算生氣也不會持續太久的吧？

假如克魯茲連夜開車，日出前就能抵達索蘇斯鹽沼，然後如果運氣站在他這一邊的話，明天這個時間以前他就回來了。他必須獨自行動，不能要求朋友牽扯進來，這種事有可能害他們被留校察看，甚至更慘。他會瞞著朋友偷偷出發，他們不知道他去哪裡就可以實話實說。到了一百五十公里外，他再傳簡訊向瑪莉索姑姑坦承一切。她一定會生氣，但生氣也沒有用，她遲早會原諒他。

歌曲唱罷，掌聲響徹清涼的夜空。克魯茲準備把他的計畫付諸實行。一名侍者四處走動，為大家添第二輪冰淇淋。克魯茲很少拒絕他最愛的甜點，但他今晚不得不放棄。

他還有地方要去。

克魯茲以前從來沒偷過車。不過嚴格來看，這算是偷嗎？畢竟自駕車上的電腦都說了，往後三天車輛可以自由使用，所以他只是充分利用這個權利而已，是吧？

克魯茲悄悄打開四輪傳動車的左前門。左瞧瞧，右看看，見漆黑的停車場沒人以後才爬上車。克魯茲把背包放在副駕駛座。水壺塞在背包側邊的插袋，背包裡裝了他的平板電腦、寬邊帽，以及從大廳點心桌上倉促抓的幾把零食，有一顆橘子、一根香蕉、一個杯子蛋糕和兩小袋餅乾。

克魯茲的手停在儀表板上方，猶豫了一下。他真的要這麼做嗎？一旦按下控制板的電源鈕，他就不能回頭了。他姑姑是對的。納米比沙漠遠在天邊，而且環境極端。他只有兆分之一的機率能在龐大的星丘某處找到線索或密碼石。但話說回來那總是一個起點。什麼都不做的話，他絕對什麼也找不到。

克魯茲深吸一口氣，然後按下螢幕。

「歡迎使用自動汽車，請輸入你的——」

克魯茲慌忙拍下靜音鈕，目光投向空蕩的停車場。確定沒引起注意之後，才在目的地欄位輸入：**索蘇斯鹽沼，死亡谷**。

快點，快點，該走了！

麻煩了。電腦要求進行生物辨識。他沒料到還有這一層安全措施。克魯茲低頭讓光束掃描他的眼睛。要是程式設定只允許瑪莉索姑姑或范德威克博士使用，他的計畫還沒開始就要宣告泡湯了。令人緊張的幾秒鐘，幸好，螢幕終於跳出**確認通過**。畫面上還顯示了更多資訊：

配合充電需求和您的意願，本車可於中途停靠。當您希望停車時，請說明停車目的（例如飲食、休息），本車會竭盡所能載您前往符合本公司標準的預選地點。謝謝您選擇自動汽車，祝您搭車愉快。

「不，我才要謝謝你。」克魯茲咯咯偷笑。他的安全帶自動扣上。引擎轟隆發動，車頭燈亮起。車子緩緩倒出停車格。克魯茲真的這麼做了！

克魯茲向後躺倒，視線略高於車窗，能看到涼棚上點綴的一簇簇小燈。他心裡有一半預期瑪莉索姑姑會追出車道阻止他。但她沒有出現。

車子轉進大路之後，克魯茲才坐直身子。現在除了好好坐著放輕鬆以外，也沒別的事可做了。這段車程會很漫長。等上路一個小時左右，離得夠遠了，他會再傳簡訊給他姑姑，到時她想追也追不上。他猜她大可以報警阻止他，但他只能賭姑姑愛他太深，不會忍心讓他在海陶爾博士面前又多添一條過錯。過了半小時，克魯茲邊打瞌睡，邊想到他剛才關了車子的語音控制。現在沒必要靜音了。他按下**語音／輸入控制**鈕，然後問：「電腦，目前距離索蘇斯鹽沼多遠？」

「我哪知道！」背後傳來一個低啞的聲音。

克魯茲急忙回頭，下巴撞上了椅背。「杜根！」

20

杜根露出邪氣的笑容。他側躺在後座，一手撐著頭。

「你在這裡做什麼？」克魯茲質問他。

「我才要問你吧。」

「是我先問的。」

杜根收起嘻笑的臉。「我……我不想說。」

「我也一樣。」克魯茲轉回前方，不甘示弱地說。

真是太慘了！現在怎麼辦？克魯茲總不能帶著杜根一起去索蘇斯鹽沼，但更不可能現在掉頭回招待所。說不定他可以把杜根丟在路上某個地方？克魯茲往前靠，睜大了眼睛想看清楚車燈照射範圍之外的地方。但只看得到一片黑暗。

克魯茲又回過頭。「我剛上車時你怎麼不說你在這裡？」

「我……我哪知道。我以為你只是想兜兜風，感覺滿好玩的。可是我們上路好一陣子了，你看起來不是很……嗯……開心。」

「我怎麼可能開心。」

杜根咕噥一聲。「所以那個索什麼的地方在哪裡？」

「請問到索蘇斯還有多遠？」克魯茲知道車子第一次回答過了，但他剛才看到杜根太震驚了，沒聽見回答的聲音。

「納米比亞的索蘇斯鹽沼，距離現在位置約六百三十七公里。」車子的女聲回答，「您將在七小時三十七分鐘後抵達目的地。」

「什麼？」杜根驚叫。「我們不能跑那麼遠啦，泰琳會殺了我們的。你姑姑絕對會殺了你。我們得趕快回頭了。」

「我們不會回頭。」克魯茲從背包裡掏出平板電腦。「我會傳訊息給我姑姑說你和我在一起，但這不是你出的主意。」

「什麼事不是我的主意？」

克魯茲沒回答。

「這太誇張了。」杜根說，「你知道嗎？你根本是瘋了！」

「我可以隨時讓你下車。」克魯茲警告他。

杜根哼了一聲，頹坐在他的座位上。

克魯茲開始埋頭寫簡訊：

嗨，瑪莉索姑姑：

對不起，但我還是得去索蘇斯鹽沼。

媽媽的密碼石對我太重要了，一刻也不能等。
她的夢想就是我的夢想。至少現在是。
我開走了自動汽車，但我發誓會很謹慎。
另外，我不是一個人。我有杜根作伴。
別怪他，他也不知道自己會跟來。
我們會多加小心，之後再告訴你整個故事。
希望你不要生氣，雖然你大概已經生氣了。
我明晚就會回去，但願運氣夠好，能找到密碼石。
我知道，（就算一切順利）我希望的事也太多了。

愛你的姪子，
克魯茲

接下來，他寫給亞米、莎樂和蘭妮：

嗨，大家：
聽了別嚇到，我正在路上要去找紀念踢上面那棵樹。
我非去不可。杜根也來了。好啦好啦，我知道！

他躲在車子裡——我也不知道為什麼，等到我發現他，車子已經走得太遠，不能回頭了。我們明晚就會回去。祝你們任務順利！很抱歉我不能去。祝我任務好運吧。

克魯茲

P.S.：我姑姑一定氣炸了，你們要是能幫我說說好話，說什麼都有幫助。但恐怕要換我祝你們好運了。

克魯茲送出簡訊，隨即關上電腦。他知道大家可能會傳來各種關心、疑問，瑪莉索姑姑則會捎來命令，但現在誰說什麼都動搖不了他的決心。克魯茲的目的已經達到了：他只是要向他們報平安，不需要進一步討論。

他飛快回頭瞥了一眼，看到杜根正在調整一個舒服的姿勢。他的隊友斜靠車窗，雙手抱胸，閉上眼睛。克魯茲知道他得拿出一個好理由，向杜根解釋他為什麼要去納米比沙漠。他扭動身體脫下外套，捲成一球塞在側額與車窗間。他不期待能入睡，不過引擎的嗡嗡聲和車身輕微的搖晃引人入眠。他至少可以閉上眼睛休息。他打了個呵欠。

「喂，把燈關掉。」

「啊？」

「我說燈。」杜根不耐煩地說。「有點亮。」

「我沒開燈……除了儀表板。」

「要我打賭嗎？」

克魯茲也看到了微弱的亮光。

「是你。」杜根說。「從你身上發出來的。你的衣服背面在發光。」

克魯茲扯著衣角，扭頭往背後看。「真的嗎？」

「看起來……有字。」

克魯茲把上衣掀過頭頂脫下來。杜根沒說錯！T恤背面用夜光墨水潦草地寫著幾行字：

如何可以想像
你愈向前進
留下愈多在後？

「聽起來像謎語。」杜根說。

「嗯。」克魯茲輕觸那幾行他知道是媽媽寫下的文字。

「所以答案是什麼？」

「不知道。」

「我們應該想得出來。」杜根啃著大拇指甲。「有什麼東西會向前進?」

「時間?」克魯茲提出猜想。

「可是時間前進就前進了,不會留下更多時間。」杜根咬著嘴唇,「還有什麼?路可以向前進、人也能向前進……」

「飛機也會向前進。」克魯茲說。

他們腦力激盪了幾分鐘,但都沒想出符合條件的答案。

「這個謎語該不會和我們要去索蘇斯有關係?」杜根追問。

「對。」克魯茲翻面讓杜根看衣服正面。「這是我媽媽的衣服。她生前留給我的……算是……生日禮物吧。」

杜根拎著衣角,瞇著眼看那張照片,仔細端詳照片中的骷髏木和沙丘。克魯茲已經開始在心裡編造謊言,說他媽媽以前心心念念想帶全家去旅行,看看這片沙漠,所以他才一定得去一趟。

「我懂了。」杜根說。

就這樣?沒有質疑?沒有刻薄的嘲諷?

克魯茲把衣服穿回去。「所以你總算不覺得我瘋了?」

「我可沒這麼說。也不看看我大半夜坐在偷來的車上橫越納米比亞,旁邊坐著一個心血來潮想去觀光沙丘的人。」

「我家鄉就有石化沙丘。」克魯茲說，「變成岩石的沙丘看過嗎？」

「我住在新墨西哥州，沙子看得還不夠多嗎。」杜根不甘示弱，「白沙國家公園去過沒有？那裡的沙子成分不是氧化矽，是石膏。結晶是透明的，但光線折射使它看起來是白的。白沙不會吸收陽光熱力，所以就算戶外超過攝氏三十八度，你赤腳走在上面也不會燙。怎麼樣，還要比沙丘嗎？」

克魯茲笑了笑表示投降。可不是嗎，杜根總是要勝他一籌才甘願。

他們移動得很快。杜根不像亞米需要停下來休息那麼多次，也不會一直要吃東西，昨天從文胡克出發的第一段路程上不時困擾他們的充電問題，似乎也已經解決了。大約到了往索蘇斯的半途，車上的電腦才顯示需要充電。

凌晨一點多，自駕車在雷荷波特一所休息站停下來，這個小城市有三萬人口，位於首都南方約八十八公里。一整排充電柱上沒看到其他車輛接線充電，倒是有幾部汽車和不少休旅車停在不遠處的休息區。等待車子充電之際，杜根和克魯茲下車伸展筋骨。克魯茲從背包拿出水壺和食物分給杜根。杜根仰頭喝了一大口水，咬了一口香蕉。他們走向休息區的商店。咖啡店已經關了，不過克魯茲找到飲水機把水壺補滿。杜根趁克魯茲上廁所的時候看看販賣機有什麼。

克魯茲走出廁所，看到杜根買了一袋紅色甘草糖。回到車上，克魯茲滑進他先前的座位，杜根這次卻換到前排，坐在他旁邊，兩人再度上路。往南出了雷荷波特市界以後，車子右轉駛上一條胎痕歷歷的碎石路。

杜根撕開甘草糖的包裝，遞到克魯茲面前。

克魯茲抽出一根長長的糖辮。「謝啦。」

杜根自己也抽了一根。「我在和我弟弟講電話。」

「在雷荷波特？」

「不是，你在招待所溜上車的時候。我之所以在後座，是因為我在和李維克通電話。」

「噢，很酷的名字。」

「也是很酷的小鬼。平常是啦。」他咬下一大截甘草糖，「只是現在學校有人專找他麻煩。多半是同一個傢伙。」

「真倒楣。」

「阿維的個性容易激動。遇到那種事反應很激烈，但是我能安撫他……只要我在就可以。我不在他很不好受。我一有時間就打給他，但人不在還是不一樣。」

克魯茲很能體會。他和蘭妮分開的時候也有相同心情。「你考慮回家，就是因為李維克嗎？」

「不用考慮了。」杜根的目光飄出車窗，盯著後照鏡。「我已經打定主意，等我們一回獵戶座號，我就會跟泰琳說我要離開。」

克魯茲的甘草糖掉到腿上。「不行啦，杜根！何必這樣！」

「你不懂。你有你爸爸和你姑姑，你有關心你的人。李維克和我，我們不一樣。生活沒那麼容易。我們爸媽……有些問題。我們常常要到不同親戚家去借住。李維克只有我能依靠，但是現在他只知道我離家太遠，幫不了他。」

「你們可以多通電話呀。」克魯茲說，「只要他願意你可以每天打。不必一定要離開學院吧。」

「謝謝，不過無所謂了。」杜根嘆口氣。「我沒有太難過。我剛開學就知道有可能不會待到最後。」

「可是學期才一半都不到——」

「他在哭，克魯茲。」杜根哽咽起來，「今天晚上李維克在電話上哭。所以我才出來躲到車裡。我需要一點私人空間才能告訴他我的決定。我不能再讓我弟弟失望。他身邊的每個人都讓他失望了。我一定得回家。」

克魯茲低下頭。他很難和杜根爭論。假如是他爸爸需要他，克魯茲也會立刻離開學院。家人比什麼都重要。

「聽到阿維如何被人欺負，」杜根繼續說，「我才意識到我對你說過的某些話，我以為沒什麼，但其實很傷人，我……不該拿你姑姑或你的入學管道取笑你的。我真是一個混蛋。」

「過去的事就過去了。」克魯茲說，「不過還是謝了。」

「順便跟你說，我覺得阿里也不該那樣對你。」

「他還在氣布溫迪森林的事，對吧？」

「他可以生氣，但他不能拿生氣當理由，像在塔盧球賽那樣針對你。勒格宏先生的視線被擋到了，不然一定會吹犯規。」

克魯茲點點頭。他先前還在想，他的教練怎麼會放過阿里的惡意犯規。

「總之從現在起，你在阿里附近要多留意。」杜根提醒他，「他雖然話不多，但很會記仇。」

「好。」

「還有一件事你可能想知道。」杜根再度盯著他那一側的後照鏡。

「什麼事？」

「我們被跟蹤了。」

克魯茲慌忙回頭。兩盞車頭燈跟在後面，不過看起來還保持著安全距離。光束的位置偏高，八成是卡車。

「你怎麼知道他們在跟蹤我們，不是單純跟著我們？」

「因為我們在充電站停車，他們也停車，我們重新上路，他們又立刻跟上來。」杜根說，「你沒發現嗎？」

克魯茲只好承認他沒發現。他應該更有警覺才是，他明明熟知涅布拉的行事作風。

「只有一個辦法能確定了。」克魯茲說，「我慢下來一點，看他們會不會超車。」車速表顯示現在時速七十四公里。「電腦，請減速到時速六十四公里。」

他們慢下來，後方的卡車也跟著放慢速度。

克魯茲再減速八公里，卡車又跟著放慢。克魯茲討厭這樣。他不喜歡玩這種遊戲，也不想耽擱去索蘇斯的時間。他正打算重新加速，後方的車燈靠了過來。

「他們要繞過去了。」杜根說。

克魯茲感激地鬆了口氣。「幸好。」

車燈漸漸逼近……愈來愈近……

克魯茲緊盯著後視鏡等著，卡車應該很快會從雙線道碎石路的右側車道超越過去，日前對向沒有來車。「隨時要來了。」他喃喃自語。

卡車現在追上他們車尾的保險桿，車燈照得克魯茲睜不開眼。對方要是再不快點超車，馬上就要——

咚！

克魯茲的脖子往前猛力一甩，幸虧有安全帶，他才沒有撞上儀表板。

「你沒事……？他們剛才……」杜根大聲問。

「對。」克魯茲的心臟怦怦狂跳。「電腦，快加速——」

砰！

這一次撞擊力道更強。

「車輛遭受輕微撞擊。」車上的電腦說。「依照自動汽車規範，本車輛將於路邊停靠，您可以聯絡保險公司——」

「不行！」克魯茲和杜根同聲大喊。

「不要靠邊停。」杜根急得大吼。

「電腦，提高車速！提高車速！」克魯茲下令。

自駕車的電腦聽從指示。車子開始加速，但追在後頭的卡車也是。克魯茲只能用指甲緊摳住座椅，看著時速表的讀數上升。

三十八……四十二……四十六……五十……

他們聽見車引擎換檔。

四十九……四十七……

「不！」杜根尖叫著說。「車速在下降。克魯茲，你做了什麼？」

「我沒有。是電腦——」

「快點！」杜根焦急吶喊。「對方就貼在我們屁股後面。電腦，我們得再開快一點！」

「很抱歉。」電腦回答得平靜。「目前行駛道路最高時速上限為八十公里。自動汽車先進的感測系統可自動分析路況，配合調整車速。請安心搭乘，您正以安全速度前往——」

忽然一陣天旋地轉。克魯茲看到白光、紅泥土和杜根的臉，然後又是白光、紅泥土和杜根的臉。他沒聽到聲響，全都是畫面，所有的畫面都在失控地旋轉。

克魯茲轉呀轉呀轉……

21

旋轉來得突然，也說停就停。

克魯茲軟趴趴地往前倒，肩膀頂著車門。他抬起頭，依然眼冒金星，四周仍是漆黑一片，他不知道車頭現在指著哪個方向，甚至看不到路在哪裡，不過至少車子是正面朝上，引擎還在運轉，車燈也還亮著。克魯茲看了一下擋風玻璃外，倒抽了一口氣。他們的車子停住的地方距離斷崖邊緣不到兩公尺！克魯茲看不清楚，但下面看起來好像是廢棄的礦坑。

追撞他們的卡車已經不見蹤影。

「謹代表自動汽車全體同仁致上歉意，很遺憾您遭遇衝撞事故。」電腦說，「車上乘客是否需要醫療援助？」

「杜根。」克魯茲嗓子沙啞。

隊友發出呻吟。

「你沒事吧？」克魯茲問。

「應該吧。」杜根揉著脖子慢慢坐起來，「我的頭還在吧？」

克魯茲盡量替他檢查了一遍。「你整個人很完整。電腦，我們應該沒事。」

「我們的照護人員聽了會很高興。」電腦說，「我正在向事故反應小組回報車禍當下與當前狀態。本車結構輕微受損，但功能運作正常，仍可安全行駛。您是否要繼續依照現在的路線前往預設的目的地？」

「是，請照現在路線前往預設的目的地。」克魯茲的聲音藏不住顫抖。

「祝您乘車愉快。」車子小角度掉頭迴轉，重新回到路上。

克魯茲這一次緊盯著鏡子，從後照鏡看向後視鏡又看回後照鏡。後面沒人跟蹤。暫時沒有。

「剛才真是驚險……而且也太奇怪了。」杜根說，「我以為他們想要搶劫，看來不是。」他伸手到後座拿東西。「只是一群白癡，以為到處嚇人很好玩。」

「糗的是他們。」克魯茲說，「我們才不會這麼容易嚇到。」

「就是。」杜根的手抖得太厲害，拿著克魯茲的水壺好不容易才湊近嘴唇。

克魯茲知道這不是隨機攻擊。涅布拉不知道用什麼方法得知他要去索蘇斯鹽沼，所以派人來阻止他。是探險者之中的間諜向涅布拉洩漏消息的嗎？只有莎樂、蘭妮、亞米和杜根知道他要去哪裡。當然還有瑪莉索姑姑。除非間諜也在招待所偷聽……

兩個男孩不發一語地前進，不停地看後照鏡確認沒有別的車燈。每隔一陣子他們之中就會有一個人回頭查看後車窗，好像後照鏡不能相信一樣。

「你想睡可以睡一下。」克魯茲對杜根說，「我會守著。」

「好，謝啦。」隊友說道，但也沒有閉上眼睛。

克魯茲打開平板電腦。如他所料，大家都回覆了訊息。亞米和莎樂都表示能體諒，也要他自己小心。蘭妮的訊息只有五個字：上吧，克魯茲！！！她真的很愛用驚嘆號。克魯茲把瑪莉索姑姑的回信留到最後。

親愛的克魯茲：

我明白找到密碼石對你有多重要，但你還不知道該去哪裡找，也不知道要找什麼，就貿然前往索蘇斯鹽沼，這是有勇無謀的舉動，而且違反校規。你想一想，要是每個探險者都決定單獨行動，想到就走，那會發生什麼事？海陶爾博士有她的容忍極限，我也有。你正在考驗我們的耐心。等你回來，我們會再好好談一談。路上保重。

這還算好的了。不過，他知道瑪莉索姑姑寫的「談一談」指的是「訓話」。他很歉疚辜負隊友，也很難過無法參加第一天的任務。克魯茲希望海陶爾博士不會對他大發雷霆。看來隨著學期開展，他愈來愈不可能追隨媽媽拿到北極星獎了。不管他做什麼，似乎總會讓某個人失望。

克魯茲關掉平板電腦，專心看著前方的路。偶爾他會把目光投向儀表板的螢幕，看著藍色小車光標一吋一吋往標示目的地的綠星星移動。他們還有很長一段路要走。

克魯茲希望他們到得了。

克魯茲還沒完全醒來，就知道周圍似乎不一樣了。他花了一分鐘等待朦朧的睡意消退，才意識到是什麼變了。他沒聽見車子的引擎聲。這下可好！他們拋錨了。偏偏在這種時候！克魯茲不情願地睜開雙眼，看見清晨第一道粉嫩的曙光。車頭的擋風玻璃外，紅色沙丘的剪影矗立在不遠處。

索蘇斯鹽沼！

「我們成功了！」克魯茲一躍而起，興奮地大喊。「我們到了！」

「耶！」杜根冷淡地附和一聲，隨即打了哈欠。「興奮什麼，又不是大怒神要俯衝了。」

原來正前方有一扇鐵柵門關著，所以車子才會停在這裡，園區還沒開。自駕車停在路邊等待開門。他們一邊等，一邊把克魯茲帶來的藍莓瑪芬和橘子分著吃光。

肚子裡裝了食物，杜根好像精神也來了。他凝視了一會兒沙丘，然後轉頭對克魯茲說：「不知道找不找得到你衣服上那棵樹，樹會告訴我們謎底嗎。」

「可能會吧。」克魯茲在嘴裡咬破一瓣橘子。他點了一下 GPS 別針，兩人讀起地理投影說明：

索蘇斯鹽沼是納米比沙漠的沙丘會合之處，擋住了紹查布河流向大西洋的河道。索蘇斯鹽沼原名在南非語意思就是「死路沼澤」。河流一年四季多半不會流經此地，盆地因此長年乾旱，但每隔大約十年會出現大雨，使紹查布河氾濫流入盆地，短暫形成的湖泊可蓄水達一年之久。索蘇斯鹽沼有全世界最高的紅沙丘，包括大老爹沙丘（高三百二十五公尺）。從沙丘上能俯瞰另一片奇景：死亡谷。死亡谷和索蘇斯鹽沼同為盆地，過去也常洪水氾濫，但沙丘不斷擴張，堵住流經此地的紹查布河。現在沼地裡只剩九百年前刺槐樹留下的枯木，空氣極度乾燥，枯木也無法腐爛分解。

引擎又發動了！園區柵門正緩緩升起。車子閃著倒車燈，默默從路肩倒回柏油路面，加入逐漸出現的車流，駛進礫石鋪地的大停車場。

「您已抵達目的地。」電腦說，「現在氣溫攝氏十九度。預測今日天氣晴朗炎熱，最高溫攝氏三十四度。希望您享受本次車程。本車輛未來兩天仍可自由使用。感謝您選擇自動汽車。」

車輪一停止轉動，克魯茲立刻跳下車。腳下揚起鬆軟的紅沙，拂過一片片結塊的白色鹽晶。雖然四周環繞沙丘，低地中央還是能看到綠意——有矮樹、灌木叢和短草。即使才一大清早，停車場也漸漸被車輛填滿。克魯茲正要戴上寬簷帽，轉念一想又把帽子拿給杜根。他準備了沙漠裝備，但是杜根沒有。

「我戴我的雨帽就好。」杜根說著伸手拉開衣領的拉鍊，翻出收在裡面的雨帽。

克魯茲穿上外套，拎起背包，跟著停車場裡的其他遊客走進園區。克魯茲不時注意周圍有沒有可疑人物。剛才企圖把他們撞翻的人不管是誰，很有可能也已經來到這裡，等著他們上門。

依照停車場邊緣的木牌告示，徒步走到死亡谷的路程是八百公尺。兩人跟著木頭路標走上小徑，穿越灌木叢地，走向大型沙丘群。半路上看到一株巨大的植物，有貌似皮帶的長葉片，中心還長著一簇毬果，讓克魯茲想到烤焦的麵包捲。看葉子萎靡不振的樣子，他們以為植物一定已經死了，但 GPS 顯示的結果卻令人意外。系統內的植物圖鑑辨識出那是百歲蘭，納米比沙漠的原生植物，有些個體能活上一千五百年！

「百歲蘭很適合拿來讓日動機器人模仿。」杜根說，「想像軟趴趴的大葉子追著你跑。」

克魯茲笑開了嘴。「抱歉害你錯過第一天任務。」

「反正還有明天。」

兩人往比較高的沙丘走去，鞋子在紅沙裡也愈陷愈深。小徑遇上了岔口。往右的箭頭寫著索蘇斯鹽沼；另一個指向左邊，標示著死亡谷。他們向左轉，跋涉在兩座沙丘之間的溝縫，沒多久就發現來到了克魯茲衣服上的外星世界。

杜根輕輕吹了聲口哨。「死亡谷。」

這地方比克魯茲想像中還要奇異陰森，不過也自成美感。骷髏木星星點點散落在遼闊的橢圓形沼地上，地面是厚厚一層扁平龜裂的白沙，樹根裸露在外，被烤進了地裡。焦黑多瘤的枯枝，如同伸向天空的手臂，投下的陰影卻像爪子，牢牢箍住堅硬的土地。除了進來的小徑以外，紅色沙丘團團包圍整片沼地。日出時分陽光斜照，更突顯這片荒涼地景裡的幾何形狀和鮮明配色——白色的地、黑色的樹、紅色金字塔、蔚藍的天。

死亡谷的刺槐枯木只有一百多棵，但散布在廣大的盆地各處，間隔遙遠。他們兩人從外圍開始找起，一棵一棵比對克魯茲衣服上的枯木。

「你那一棵樹，樹枝看起來像跳躍的芭蕾舞者。」杜根說。「我們就找那種形狀的樹。」

他們全力投入搜尋，但四十五分鐘後，兩人已經又熱又渴，距離找到跳舞的樹卻仍沒有半點進展。

「一定就是其中一棵。」克魯茲說，他們輪流喝著他水壺裡的水。「這些樹又不會分解。」

「等等。」杜根說。「假如我們不要比對樹，改成比對沙丘呢？」他扶了扶墨鏡一角。

克魯茲看出他的打算。杜根可以利用 GPS 墨鏡辨識克魯茲衣服上的沙丘，再和實景比對。雖然沙子會不停變形，沙丘輪廓可能不會完全吻合，不過至少能指引他們往正確方向找。「試試看吧。」克魯茲說。

杜根把 GPS 墨鏡對準克魯茲的衣服，要求系統辨識。「它說你衣服上的是大老爹沙丘。」他把墨鏡的 GPS 指針對齊地平線，緩緩轉了一圈。「往這邊走。」杜根指著前方，邁步往一座巨大的紅色沙丘走去。

克魯茲跟了上去。「嘿，我剛才想到。你的姓在英語是沼澤的意思，沼澤的南非語是『福來』（vlei）。假如你生在這裡，不就叫杜根・福來了。」

杜根噗哧笑了出來，旋即停下腳步。克魯茲來不及收腳，踩到他的腳踝。「啊，對不起——」

克魯茲愣在原地。一棵骷髏木就屹立在他們正前方，樹幹彎成跳躍的芭蕾舞者的形狀。就是它，就是那棵樹！

克魯茲匆匆往周圍瞄了一眼，確定附近沒人，才動手檢查樹幹。他的手掌撫過焦裂乾枯的樹身，樹皮一碰就裂，他真怕樹會在粉碎他的指縫之間。樹幹底部有一個節孔，大小勉強容得下兩根手指。克魯茲把指頭伸進去，起先什麼也沒摸到，但再伸進去一點，就摸到了某個裝置，然後……

喀！

鉸鍊鬆開，一塊樹皮像一扇小門向外彈開。

克魯茲看到一張折起來的粉紅色紙片塞在樹洞裡，心臟噗通噗通狂跳起來。他拿出紙片，在膝蓋上攤平。紙的形狀像一隻貓。克魯茲認得這個形狀！這是從他媽媽遺物盒裡那一疊便利貼撕下來的。紙上用墨水畫了兩個獸足印。其中一個比另一個稍微大了點。除此之外，正面反面都沒有別的文字。

腳印？這又是什麼意思？

「呃……克魯茲？」杜根清清喉嚨，「好像有人來了。有兩個人。」

克魯茲急忙抬頭。兩個戴黑頭巾、身穿黑上衣和牛仔褲的人影，正朝他們飛奔而來。

「我們快走。」克魯茲匆匆關上小門，把紙塞進口袋。

「往哪裡走？」杜根左顧右盼。

「上面！」

不必克魯茲多說，杜根已經拔腿衝上最近的沙丘——大老爹沙丘。克魯茲跟在後面，落後不多。兩人使出渾身解數爬上沙丘稜線，但在不停流動的表面上奔跑並不容易。克魯茲沒跨三步，又往回滑一步。才沿著稜線往上爬了不到十公尺，他已經快喘不過氣了。杜根在他前方壓低了重心，前進得很快。

「動作快！」杜根回頭大喊，「他們快追上了。」

「我盡力……」克魯茲一邊說，感覺自己又往下滑了一步。

「趴下來。」杜根吼道。「用兩隻手。」

克魯茲的左手按住杜根的左腳印，右手按住右腳印，像隻猴子似地，手腳並用往上爬，的確多了些支撐力，但前進速度還是不夠快。追逐者很快就拉近了距離。

就在他把手掌放進下一個鞋印的剎那，克魯茲恍然大悟：他知道衣服上那道謎語的答案了！答案那麼明顯。他真不敢相信自己沒——

克魯茲感覺到一股拉力。有人抓住了他的背包。他想把背包拉開，但是拉不動。他被揪住了，雙腳在原地划。克魯茲沒辦法，只好讓背包從肩膀上滑落，把手伸進裝有章魚彈的口袋。但忽然間，他的雙腳從身體底下消失，他往前一栽，肚子著地，被人往後拖。克魯茲嗆了好幾口沙子，他一面踢腿掙扎想擺脫抓他的人，一面想把沙子吐掉。

「縮起來往下滾。」杜根朝他大喊。

「什麼？」

「滾下去！」

克魯茲握拳抓起一把沙，閉上眼睛往右後方翻身，對空甩出沙子。身後的男人咳了起來。克魯茲感覺抓住他的手鬆開了。他把對方甩掉，立刻縮起頭和雙腳，整個人從沙丘上往下面滾，覺得自己變成了一顆人型海灘球，在沙子上不停彈跳。他看到紅藍相間的模糊

光影，聽到風聲在耳邊呼嘯。克魯茲不知道他花了多久才滾到底，感覺好像滾了好幾輩子，但大概只有一兩分鐘。

好不容易能區分天空和沙子以後，克魯茲立刻跳起來。那兩名黑衣男還在沙丘上拔腿往下狂奔。直挺挺地跑拖慢了他們的速度。杜根滾到他前方六公尺左右的地方停下來。克魯茲趕過去，拉著他站起來。兩個探險者沿著小徑飛奔通過灌木林地，一直線穿越停車場，跳上他們的車。

「電腦，鎖上全部車門……回去……伊岡堡招待所。立刻！」克魯茲喘著氣，低頭接受生物辨識掃瞄。「拜託拜託……快啊。」

「他們來了！」杜根放聲驚呼。「快走，快走！」

自駕車退出停車格，開向停車場出口。杜根和克魯茲扭頭看那兩個男人在哪裡——他們開的絕對是一輛大卡車。但四周的人太多，車也太多了。他們找丟了剛才追他們的人。

自駕車開上大路。剛好有三輛休旅車排成一串跟著出來。太好了！克魯茲知道大型車輛可以拖慢他們後面的車流。話雖如此，還沒回到瓦特貝格的招待所，他都無法放下心來。

「我……我錯了。」杜根的呼吸還沒完全緩和。「這比大怒神刺激多了！」

「開什麼玩笑？剛才根本就是大怒神！」克魯茲不自覺拉高分貝。

「探險家學院版的。」杜根笑出來。「我們做到了！」

克魯茲努力擠出笑容。他們或許擊退了涅布拉，但克魯茲也在戰鬥中失去一件珍貴的東西：他的背包。他的平板電腦在背包裡，裡面存著永遠無可取代的東西。

之前克魯茲在考慮仿冒密碼石、用複製品騙涅布拉的時候，曾經利用芳瓊的熊貓機（攜帶式文物符號與數據辨識器）來分析其中一塊石頭。熊貓機偵測到他媽媽的DNA，也鑑定出她生前最後幾天的活動。克魯茲當下還沒準備好看到媽媽的新投影。不過在刪除熊貓機的鑑定結果之前，他把資料下載到平板電腦裡，打算未來準備好了再看。現在已經來不及了。他永遠也看不到了。都是他不好。克魯茲早該鼓起勇氣看的。他早該要夠勇敢才對。

「你還好嗎？」一回神，杜根在問他。

「嗯。」克魯茲。「我……唔……我是在想。我知道謎語的答案了。」

「你知道了？是什麼？」

「腳印。愈向前進，留下愈多在後。」

「對！怎麼會沒想到！」

克魯茲從口袋裡掏出那張貓咪便利貼，細細端詳粉紅色紙片上畫的兩枚獸足腳印，其中一個略小於另一個。他想著他在納米比亞經歷的每一件事：和媽媽的老朋友喬博士見面、欣賞她收藏的野生動物照片、冒險來到索蘇斯鹽沼、發現藏在枯木中的紙條、解開謎語。

克魯茲會心一笑。現在一切都說得通了。

看著死亡谷的星丘在後照鏡裡愈來愈小，克魯茲想通了另一件事。他終於知道下一塊密碼石該去哪裡找了。

22

眼淚湧上喬博士的眼眶。

「我從來不知道。」天色已經很晚。

從索蘇斯鹽沼風塵僕僕地趕回來，克魯茲快累垮了，但現在沒時間浪費。他在招待所放杜根下車，接了瑪莉索姑姑，兩人驅車來到保育中心，在空蕩的大廳和喬博士見面。既然媽媽信任喬博士，克魯茲相信他也可以，因此他把媽媽意外過世的始末，與他肩負任務找回血清配方的事，一五一十地告訴了喬博士，同時也說明為什麼非得這個時候把她叫起床，在這裡和他們碰面。

「你媽媽多年前來看我的時候，我要是知道她有生命危險，」喬博士說，「也許可以做點什麼……多少幫助她……」

「你已經幫到她了。」克魯茲說，「你留下了那件衣服，還保存到現在。」他望著母獵豹與幼豹走向遠方的那幅照片，母子倆的腳印在沙土上平行，小豹的掌印比媽媽的小。

「我一直很喜歡那張照片。」喬博士說，「她最後一次來訪時我也跟她說過——那是我最後一次見到她。」

「她知道你會永遠珍惜，」瑪莉索姑姑說，「難怪她選擇藏在那裡面。」

「如果我沒想錯的話。」克魯茲補上一句，他姑姑也對他飛快點了點頭。

他們倆都知道現在還無法保證。

喬博士小心翼翼地從牆上取下照片，翻到背面，什麼也沒有。博士看起來很失望，但克魯茲知道，他媽媽不會那麼草率地把石頭貼在相框背面，不小心就會掉下來或被人看見。喬博士也很快意識到這一點。她帶他們來到接待室，把相框輕輕擺在茶几上，相片那面朝下。三個人圍著蹲下來。

「克魯茲，你來吧。」喬博士敦促他。

相框背面有四枚擋片，用來固定厚紙板背板——上下左右各一枚。克魯茲把上方的背板擋片推向一旁。另外三枚也一樣，直到感覺紙板與相框分離。他屏氣凝神，揭開背板。照片的左上角貼著一個水藍色羊皮紙小信封。克魯茲拆下信封，從頂端撕開，捏著信封側邊，瞇起眼睛往裡面看。

「怎麼樣？」瑪莉索姑姑焦急地問。

克魯茲把手伸進信封，抽出一張折起來的水藍色紙片。他攤開紙片四角，露出一塊閃亮的黑色大理石——正是第四塊密碼石！

「你好呀，小東西。」喬博士說著低下頭，仔細翻看那塊石頭。

瑪莉索姑姑吐出一口長氣。「找回一半了。」

喬博士抬頭看著克魯茲。「等你找到了所有石頭，然後呢？」

「媽媽的日記說，找到最後一塊以後，她會給我指示。」克魯茲解釋說，「我猜她一定會要我把配方交給某個人——某個能接續她的研究的科學家。」喬博士低下頭表示同意，但克魯茲看到她臉上閃過一抹陰影。「怎麼了嗎？」他連忙追問。

「細胞再生血清落到壞人手上……不對，就算是在好人手上……也是威力強大的武器。」

「我知道。」克魯茲說。所以他一定會照媽媽的話做。

「如果你真的決定把配方交給別人，千萬要小心觀察他是怎樣的人。」喬博士說。

克魯茲皺起眉頭。他從沒想過不照媽媽日記中的指示他還能怎麼做。假如他不把收集齊全的密碼石交給某個人，那他又該拿它怎麼辦？留著它？銷毀它？難道她的意思是……？

不會吧！喬博士該不會在暗示克魯茲應該自己研究媽媽的配方，她會是這個意思嗎？不可能，他根本一竅不通——

他只是小孩子。不可能的。

克魯茲感覺一股氣血往上沖，額頭開始冒出涔涔汗珠。

「未來你如果需要任何協助，不要猶豫，儘管打給我。」喬博士還在繼續說話，「不管白天還是晚上。」

「謝……謝謝你。」克魯茲說，但一手抓著頭髮暗自苦惱。

開車回招待所的路上，他姑姑異常沉默。她如果想責備他、處罰他，或扣他分數，克魯茲寧願她直接開口。

他忍不下去了。「姑姑——」

「你該不會又打算跑到沙漠去了吧？」

「沒有。」

「我們回船上以後會討論怎麼處罰你，明白了嗎？」

「我明白。」

「在那之前，我只有一個問題想問你。」

克魯茲吞了吞口水。「什麼？」

「車子到底怎麼搞的變成這樣？」

他從鼻子笑了出來。

他姑姑也藏不住笑意。她很想壓抑，但就是藏不住。

克魯茲和瑪莉索姑姑回到招待所，時間已接近午夜。亞米、蘭妮和莎樂早該就寢了，只是他們當然還沒睡。三個人偷偷違反宵禁，聚在亞米和克魯茲的房間裡等他回來。

「水喔！」莎樂看到石頭不禁低聲歡呼。「真不知道你是怎麼辦到的。」

克魯茲歪歪頭。「你是說把線索拚湊起來嗎？」

「不是！」她翻了個白眼，「我是說和杜根‧馬許同車十七個小時！」

克魯茲笑出來。「其實沒那麼糟啦。」

事實是，從索蘇斯鹽沼回來的路上，他正巧有時間思考杜根和李維克的問題。克魯茲想到一個方法，也許能說服杜根留在學院，但他必須先徵求莎樂、亞米、蘭妮和布蘭迪絲同意。

「布蘭迪絲！」克魯茲轉頭看亞米，「芳瓊或你媽媽那裡有消息嗎？」

亞米搖搖頭。

「你別太擔心。」蘭妮拍拍克魯茲的手臂。「她會沒事的。」

他知道蘭妮是不希望他沮喪，所以他努力對她擠出笑容。但克魯茲心裡絲毫冷靜不下來。他的血液漸漸悶燒。先是他媽媽，然後是諾里。萬一布蘭迪絲也有個三長兩短，那就有三個人淪為涅布拉歹毒陰謀的犧牲品，三條殞落的生命。

而他自己呢？克魯茲為了躲過一死，已經和涅布拉對抗了多少次？過往情景在他腦中一一浮現：在夏威夷差點溺水、在佩特拉驚險躲過落石、在土耳其跌落井底、在索蘇斯鹽沼滾下沙丘。克魯茲已經厭倦了要不斷逃離涅布拉。只是現在，他別無選擇。他不能停下腳步，能不能找回媽媽的密碼石只能靠這個信念。

但總有一天……總有一天……

要逃的會是涅布拉。

23

「我的腳著火了啦。」杜根說，他跟在克魯茲後面走在山徑上。「散熱制服是可以保持身體涼爽，但是腳趾頭都烤焦了有什麼用？」

「我同意。」走在克魯茲前面的莎樂說，「等我們回獵戶座號，我們一定要去找芳瓊商量研發新鞋子。」

克魯茲腳底也很燙，但他忍著沒有抱怨。庫斯托隊和伽利略隊，連同瑪莉索姑姑、范德威克博士和喬博士，已經跋涉了超過一個小時。他們首先克服陡峭山路，登上瓦特貝格高原，放出三部日動機器人。雖然太陽還沒從地平線探出頭，山頂風景依然美不勝收，即使爬得辛苦也值得。

在他們腳下，灌木零星生長的稀樹大草原向四面八方延伸出去。探險者在高原上親眼見到好幾種野生動物——陡峭的岩壁上有一群狒狒，水窪旁有兩頭水牛，還有一種長得像獾的動物，克魯茲以前沒聽過，叫作岩蹄兔。喬博士說非洲也有人叫牠岩貍，牠和大象竟然是近親！探險者現在走在一條崎嶇狹窄的山徑上，要從峭壁一側繞過去，前往第二個地勢較低的部署地點，放置剩下三部偽植物機器人。

忽然沒再聽到杜根抱怨腳痠，也沒聽見他的腳步聲，克魯茲回過頭，看到他停在後方約六公尺外的樹下，捧著水壺在喝水。克魯茲也停下來，啜了一小口水壺的水，等杜根跟上。克魯茲把水壺改放進背包另一側的口袋，發現杜根沒有移動，反而還轉身面向岩壁，瞇著眼睛往上看。

「他在做什麼，腳生根了？」莎樂往回走。

蘭妮和亞米也走回來。

「我們走到出口時不能少了一個隊友。」莎樂說，「探險家學院不喜歡看到這種事。」

她擦過克魯茲的肩膀，大步走向脫隊的隊友。「好了沒，馬許，休息時間結束──」

「噓！」杜根指指耳朵，然後又向上指。

克魯茲聽見樹枝啪嚓折斷。還有人在說話！男人交談的聲音從他們上方的山脊傳來。他第一直覺以為那是登山客，可是喬博士說過，這裡是管制區，不應該有人出現才對。

「迷路的遊客？」蘭妮輕聲細語。

「有可能。」杜根低聲說，「但是現在才一大清早，我看不是。」

克魯茲有預感杜根是對的。他抬頭看向迂迴繞過岩石的山徑。路不好走，但他確定他們爬得上去。

「不行，你別想，克魯茲・柯羅納多！」莎樂看穿了他的心思，壓低聲音警告他。「你忘了上次我們做這種事是什麼結果嗎？我最後只能跳瀑布！」

「他們如果是盜獵者，身上一定有武器。」亞米說，「有武器就表示……」他搖搖頭。
「我們不能裝作沒看到。」克魯茲很堅持。
「噢，又來了。」莎樂氣得噘嘴，「這句話還真耳熟。」
蘭妮挺身而出。「如果我們拍下來呢？」
「對，現在或許阻止不了他們。」亞米說，「但是有影片就有證據可以交給當局，我們誰也不會遇到危險。」
克魯茲從背包挖出手機和腦控相機。「我們只要夠安靜，他們連我們在這裡都不會發現。」
「這句話我好像也在哪裡聽過。」莎樂喃喃地說。她看看其他隊友，終於舉雙手投降。「好吧，好吧。但萬一我們死了……」
克魯茲傳簡訊給他姑姑，說他們要停下來稍作休息。她回覆說她們會在山徑盡頭靠近西南方的水潭邊和他們會合，也叮嚀他們別耽擱太久。
杜根把背包甩上肩膀，一馬當先爬上迂迴狹窄的小路。他腳步輕快。其他隊員一個個跟了上去，克魯茲殿後。途中，杜根遇到一塊橫突的岩石擋路，他撐著岩石上緣向上一蹬，翻身上去，然後伸出一隻手拉蘭妮，蘭妮則伸手拉亞米，亞米拉莎樂，莎樂再拉克魯茲一把。
全隊到達頂端後，他們蹲在茂密的樹叢裡。左邊大約三十公尺外有兩個男人站在高草叢間，背對著探險者。他們戴著獵帽，身穿打獵背心，看樣子正在設陷阱。其中一人肩膀上有一把雷射步槍。

「絕對是盜獵者。」亞米用氣音說。多虧他在心情眼鏡上加裝了新的放大鏡功能，全隊只有亞米不必戴上腦控相機，也能調整焦距看到遠處的景物。

「我想要拍照。」莎樂，「但是他們面向另一邊。」

「先等一下吧。」蘭妮勸大家。「說不定他們會轉過來。」

他們靜靜待在原地，盼望獵人會往這邊看過來。

「我們該走了。」等了十分鐘後，亞米悄悄地說，「我們向喬博士通報他們的位置。最多也只能這樣了。」

「太令人失望了。」蘭妮說，「就差這麼一點！」

「嘿，不然用這個呢？」杜根從背包掏出最後一部日動機器人。

克魯茲和亞米交換了一個眼神。派間諜植物去近距離拍攝盜獵者？說不定會成功！

大家紛紛點頭。

杜根把圓盤機器人擺在紅黏土地上，按下遙控器上的變形鈕。他們看著小機器人開始發芽，長出一簇神似石頭的葉片，又從葉面的裂縫中冒出花苞。幾秒鐘後，數十片黃色花瓣綻放開來。花都開好了以後，杜根按下出動鈕，小機器人隨即走了出去，一公分一公分地前進。杜根把操作改為手動，這樣他才能用搖桿控制方向。

「好斯文的冒險行動。」莎樂小聲挖苦，但她其實和他們一樣都知道，機器人本來就設計成移動緩慢，免得驚嚇到動物。

他們現在只能等機器人慢慢靠近，拍下影片以後，控制它調轉回來，然後趕緊走人！

「哇喔！」亞米緊盯著日動機器人前進，突然小聲地驚呼。

克魯茲看不出哪裡有問題，悄悄湊近問他。「怎麼了？」

「有一隻穿山甲從草叢經過，背上有小寶寶。」

「牠往獵人的方向去了。」蘭妮說。

「天啊，不好了！」莎樂倒抽一口氣。

「所以他們才會在這裡設陷阱。」克魯茲用腦控相機搜索草叢，「他們一定知道這是穿山甲會走的路。」

「穿山甲媽媽停下來了。」亞米說。「牠還躲在草叢裡，只要不動，獵人說不定不會看到牠。」

克魯茲的相機鏡頭找到了那一對穿山甲。穿山甲媽媽停在一棵樹下。寶寶攀住媽媽長滿鱗片的長尾巴，閉著眼睛，下巴輕輕靠著媽媽隆起的背部。

「日動機器人拍到影片了。」杜根壓低聲音說。「可是它卡在溝裡，我叫不回來。」

「別動啊，穿山甲媽媽。」亞米喃喃自語地說。

「來不及了。」蘭妮說，「牠被看到了。」

她說得沒錯。盜獵者已經轉身看著穿山甲的方向。背雷射步槍的獵人從肩膀卸下槍，似乎正在替武器蓄能。

「我們得做點什麼！」莎樂無聲地吶喊。

克魯茲拉開制服前胸口袋的拉鍊。「魅兒，啟動。」魅兒對他閃了兩下金色眼睛。

「克魯茲，這裡不是只有你。」蘭妮堅定地說。

「對。」克魯茲轉向隊友，「大家有什麼想法？」

他們五個人花了不到半分鐘想出一套計策。

「魅兒，飛到視線高度。」克魯茲指揮魅兒。蜂型無人機嗖一聲飛出他的口袋，在他身邊盤旋。「攻擊模式。我一下令，就用針螫我們北邊戴獵帽的那兩個男人。」

魅兒眨眼兩下表示收到指令。

杜根舉起三根手指，替他們無聲倒數。兩根、一根……

「第一回合。魅兒，出動。」克魯茲下令。

魅兒飛出去了！

莎樂、蘭妮和克魯茲做好準備。他們是下一個回合。克魯茲伸手從口袋裡掏出章魚彈。

他看到獵人把槍架上了肩膀。

「快呀，魅兒。」莎樂用氣聲吶喊。「快點。」

克魯茲的胃揪成一團。魅兒趕不上的。獵人的瞄準鏡已經和穿山甲成一直線，手指搭住扳機。克魯茲縮起脖子別過頭。他不敢看穿山甲死在眼前。

「唉唷！」

「痛！」

克魯茲回頭看。只見兩名獵人兜著圈子狂奔，手在頭上四處亂揮。魅兒！她成功了！

同一時間，穿山甲媽媽和寶寶也鑽進了草叢，一旁樹幹冒出黑煙。雷射步槍射偏了！

「第二回合，出動！」杜根說。

克魯茲拔腿衝向兩名獵人，莎樂和蘭妮緊跟在後。

魅兒還在螫刺敵人，左飛右閃，趁隙攻擊目標。

克魯茲朝獵人噴灑章魚彈。兩人慘叫

一聲，兩手摀著眼睛跪倒在地。拿槍那個獵人武器也掉在了地上。

莎樂一把撿起雷射步槍，蘭妮撈起日動機器人，克魯茲呼叫魅兒停止攻擊。忠心的蜜蜂無人機立刻降落在克魯茲肩膀上。

全都結束了。

亞米和杜根奔向他們。

「我們聯絡了柯羅納多博士。」亞米喘著氣說，「管理當局已經在路上了。他們問我們能不能暫時安全地扣留盜獵者。」

克魯茲看向他的無人機。「你覺得呢，魅兒？有辦法扣留他們嗎？」

一雙金色眼睛眨了兩下。

24

克魯茲在獵戶座號圖書室二樓的欄杆邊來回踱步。

莎樂望著欄杆下方。「你有叫他在這裡和我們會合吧？」

「下午四點。」

「已經四點了。」亞米說。

克魯茲很怕為時已晚。萬一杜根已經去找泰琳說了……

蘭妮指著下面。「他來了。」

他們看到杜根蹦蹦跳跳進了圖書室，被圖書館長荷蘭博士及時警告才慢下腳步。杜根看到他們，三步併作兩步衝上樓梯。等他上來以後，克魯茲揮手要大家跟他走。他穿越層層書架，來到他最愛的閱讀角落，在左舷介於旅遊書和歷史書區之間安靜的一角。

「什麼事啊？」杜根好奇地看著他們。「這麼神秘的聚會？」

「我們有個提議。」克魯茲說。

杜根懷疑地挑起眉毛。「什麼提議？」

「我向全隊說了李維克的事。」克魯茲說，「你知道的，就是你弟弟很想念你。就這樣而已。你弟弟很想念你。」他想暗示杜根，他沒有把李維克在學校被人欺負，或是杜根打算離開學院的事說出去。這些事就算要說，也該由杜根決定什麼時候跟誰說。

「這、這樣啊。」杜根緩緩點頭，看來懂了他的意思。

「我們很多人也有弟弟妹妹。」莎樂插嘴說，「我們遠在外地，何況又離開這麼久，他們難免會很寂寞。所以我們想了想，讓李維克當榮譽探險者你說怎麼樣？」

杜根皺起鼻子。「啊？」

「怎麼說呢，就有點像是庫斯托隊的見習生。」蘭妮解釋。

「我們可以幫他仿製一套通訊別針和影子徽章。」亞米補充道，「當然一定是假的，但外觀看起來和我們的一樣。」

「我們可以輪流，每星期由一個人打電話給他，跟他說明我們的任務，或是單純陪他聊聊天。」克魯茲說。

「他覺得自己也是隊員，說不定就不會因為你不在而那麼寂寞了。」莎樂說。

克魯茲抬了抬眉毛。「你覺得怎麼樣？」

「我……我……」杜根搖搖頭，重新整理思緒。「你們願意為了我這麼做？為了李維克？」

「當然。」蘭妮說，「只要你覺得有幫助。」

「太好了，阿維一定會很高興。」

克魯茲拍了一下杜根的背說：「你是這個隊的重要成員啊。」

笑容溫暖了杜根的表情。

他們的善意他收到了。

「芳瓊？」

眾多隔間之中冒出一隻手臂，手掌在半空中揮舞。「克魯茲，這裡！」

克魯茲穿過科技實驗室的隔間迷宮，直到看見一條印著蓬鬆積雲圖案的藍色頭巾。芳瓊身穿洋紅色條紋的蘋果綠圍裙，坐在一個空隔間裡。應該說，幾乎是空的。她身旁還有另一張板凳。

「我聽說動物自拍行動進展順利，你們還錦上添花，逮到兩名盜獵者。」芳瓊伸出手和他擊掌。「幹得好，探險者。」

他伸手回擊她的手掌。「謝謝。」克魯茲轉頭看看這個空無一物的隔間。「怎麼會找我來？有新發明需要人試用看看嗎？」

「你先坐。」她的語氣有幾分嚴肅。

出了什麼事嗎？

他在板凳上坐下來。

芳瓊把一綹散亂的捲髮塞回雲朵頭巾。「我……呃……我記得你上次來借熊貓機，說要研究你在巴塞隆納找到的化石？」

克魯茲呆住。當時為了偷偷分析媽媽的密碼石，他對芳瓊說了謊。「啊……對，我想到了，嗯。沒錯。」

「那個……呃……你歸還以後，我存取了熊貓機的資料。」

「什麼？」克魯茲驚聲尖叫。「不可能。我明明把大理——化石的所有資料都刪除了。」他在說什麼？她當然有辦法了。憑芳瓊・奎爾思那麼聰明的頭腦，要從任何來源取得資料絕對不是問題。

克魯茲不敢看她的眼睛。「所以你看到DNA分析結果了？」

「對，我很抱歉，克魯茲。只是因為你來的那天看起來很緊張——」

克魯茲忽然跳下板凳。這麼說，他媽媽的資料終究沒有遺失！「所以，你存下來了？」

她頂著雲朵點點頭。

克魯茲很想上前抱住她！「我還沒看過。」他激動地說，「我是說，我本來想看，但我沒有……我不敢……結果我在索蘇斯鹽沼弄丟了我的平板電腦。」

芳瓊直直看進他的眼底。「你現在想看嗎？」

「那當然！」

等等。她找他來這裡不會只是為了道歉。一定還有別的事情。克魯茲深吸一口氣。「仔細想想，我不知道。我應該看嗎？」

「我認為你應該看。」她說，「沒有看了會不舒服的內容，我發誓。」因為熊貓機能投影出一個人死前不久正在做的事。芳瓊這句話令人鬆了口氣。

「那好吧。」他重新坐下。

芳瓊啟動熊貓機，擺在桌上。

三十秒後，克魯茲抬頭看見他媽媽的立體投影。她看起來就是她日記裡的模樣，唯一的不同是穿著實驗袍，還有金色長髮在背後紮成鬆鬆的髮辮。她手上拿著一本筆記本，灰藍色的雙眼專注看著上面的手寫字跡。那是日記？還是實驗日誌？筆記本右側位於焦距外，左半頁又有大部分被她的肩膀擋住，他只看得清楚中間的字。

細胞再生有絕大潛力

我的手在我處理時

看來克魯茲也是。

血清完整的力量

能徹底改變他的人生。

我知道我必須想個辦法。

該怎麼告訴你的兒子

克魯茲轉過頭看芳瓊。「我不懂。」

她也搖頭。「我也不敢說我懂。」

「有辦法看到更多內容嗎？」

「目前我只能做到這樣。我正在研發優化高解析度重建影像的軟體，也許能再多看清楚幾個字，但我什麼也不能保證。」

「要是找到原始的筆記本呢？」

芳瓊露出苦瓜臉。「我很懷疑它還存在。」

「火災。」克魯茲喃喃說道，瞬間洩了氣。

「不見得是很重要的內容。」芳瓊說，「你也知道，這就像只憑一片拼圖，就想推敲出整幅圖案一樣。結果說不定沒什麼大不了的。」

如果這話是真的，她為什麼臉上滿是憂愁？不對，絕對有什麼事。

芳瓊的電話響了。

「抱歉，給我一分鐘。」她從條紋圍裙的正面口袋掏出手機。克魯茲見她讀著螢幕，每讀一行字，棕色眼珠也愈睜愈大。終於她把手機貼在胸口，輕輕嘆了一聲。

「芳瓊？」

「是海陶爾博士。」她啞著嗓子。「她人在康培拉的醫院。」

克魯茲頓時覺得腦袋裡的血液彷彿被放乾。「布蘭迪絲？」

芳瓊點頭。

喔，不，不可以！

克魯茲後退幾步，撞上隔間。這不可能是真的。

芳瓊把手機轉過來給他看。克魯茲不想看。他不想看到上面寫的字。但他強迫自己去看。他必須知道實情。

解藥生效了。布蘭迪絲正在穩定康復。謝謝你，謝謝，謝謝。

R. H.

克魯茲張開手一把抱住科技實驗主任，嘴上只能不斷重複校長的話：「謝謝你，芳瓊。謝謝你，謝謝，謝謝。」

克魯茲抱著她，目光被吸引到仍然飄在半空中的文字片段。他心想，血清完整的力量指的是什麼？又如何能改變他的人生？

他最害怕的是最後一行字。克魯茲望著媽媽靜止的影像，默默在心中問起他知道她永遠回答不了的問題。

媽，你想告訴我什麼祕密？

（敬請期待下集）

虛構故事背後的真實科學

探險者與保育人士奉獻心力保護地球，以及地球上的所有生物，包括書中出現的奇特動物——大到山地大猩猩，小至穿山甲。這些動物有什麼共通點？牠們的棲地和生物都受到威脅，生存需要仰賴現實中國家地理探險者的行動。幸好，現今有許多能拍攝及追蹤動物的高科技發明、地方居民發起倡議、報導記者寫下的精彩保育故事，最感謝的是所有保育專家盡心盡力，我們還來得及幫助野生動物。一起來認識底下這些站在保育最前線的國家地理探險家。

珍・蓋頓
Jen Guyton

蓋比埃教授向克魯茲和同學們介紹相機陷阱，有了這個萬用裝置，研究人員能分析動物行為、族群密度、遷徙模式，當然還能順便拍幾張定格美照！生態學家兼攝影師珍・蓋頓，一年大多數時間都在莫三比克的戈龍戈薩國家公園內工作。她擅長運用相機陷阱來記錄該地區的野生動物，專門研究大型草食動物的社會行為和食性。因為相機陷阱巧妙融合周圍環境，蓋頓也得以拍下許多珍貴難得的照片，從河馬到兀鷲都有。她的訣竅是什麼？試試看把相機陷阱設在大型水源周圍，就能拍到形形色色來喝水的動物，或者如果你想拍攝食腐動物，放在動物屍骸附近準沒錯。

文森・范德莫維
Vincent Van Der Merwe

在探險家學院所處的未來，獵豹數量已減少到只棲息在非洲的納米比亞。現實中，目前在其他國家也能看到獵豹，包括辛巴威、波札那、肯亞、阿爾及利亞和伊朗。不過，牠們的棲地範圍只有過去的一成不到，族群數量逐漸衰減。幸好有文森・范德莫維這樣的保育專家正努力拯救這種瀕臨絕種的大貓，運用遺傳學研究替合適的伴侶配對，幫助獵豹產下強壯健康的幼崽。文森是瀕危野生動植物基金會獵豹複合種群計畫的協調人，他把獵豹移置到南非境內多個不同的保護區，希望牠們繼續繁殖——結果真的奏效了！南非是全世界目前唯一一個獵豹數量正在回升的國家。移置獵豹的過程有時很辛苦，但范德莫維知道一切都會值得：「最感動的一刻就是接到保護區經理來電說：『文森，我們多了四隻新生寶寶，是你六個月前送來的獵豹生的。』聽到這個我心裡就會充滿喜悅。」

奧古斯丁・巴薩博斯
Augustin Basabose

生物學家兼保育專家奧古斯丁・巴薩博斯，和卡雷瑪－庫齊索卡一樣，都相信地方民眾的參與，對於保護山地大猩猩不受威脅至關重要。

巴薩博斯是剛果民主共和國土生土長的在地人，在故鄉主持大猩猩保育工作已超過二十五年。他所屬的非政府組織「靈長類研究會」（Primate Expertise），力求透過研究、教育和由社區向外延伸的計畫，在剛果民主共和國內創造永續的保育意識。地球上目前只剩下約1000隻山地大猩猩，卡雷瑪－庫齊索卡和巴薩博斯倡議的行動，對於保護這些具有高度智慧的動物免於滅絕，值此當下尤其必要。兩位保育專家想出一個維繫地球平衡的方法：把權力還給地方民眾，讓他們學習如何妥善管理居住區域內的野生動物。畢竟說到保育行動，喚起人類居民的關注，就和直接對動物本身採取行動一樣重要，甚至更加重要。

格拉蒂絲・卡雷瑪－庫齊索卡
Gladys Kalema Zikusoka

布蘭迪絲在課堂上飛快答出與山地大猩猩相關的問題，爭取到參與救援任務的機會，遠赴山區為山地大猩猩噴灑抗病毒藥劑。現實中也曾發生病毒爆發導致大猩猩感染致命的呼吸道疾病，而且病毒不幸是由人類傳染給大猩猩的。幸好有野生動物獸醫兼保育專家格拉蒂絲・卡雷瑪－庫齊索卡挺身而出，幫助這些極度瀕危的靈長類動物。她率領團隊研究最早在山地大猩猩族群間爆發的疥瘡，發現可追溯到無法穿越的布溫迪森林國家公園周邊的居民。她發現人類社區的衛生保健與大猩猩族群染病有所關聯以後，創立非營利的「透過公共衛生保育」（Conservation Through Public Health）組織，不只宣導改善公共衛生，也輔導東非居民與山地大猩猩和平共存。

珍妮・艾克曼
Jani Actman

保育專家在現場辛苦工作，但如果沒人聽說他們的困難與成功，也無法為世界帶來益處。報導記者珍妮・艾克曼，曾為國家地理學會針對野生動物剝削製作之系列專題「野生動物觀察」（Wildlife Watch）擔任野生動物交易調查記者，把與保育相關的撼人故事帶上雜誌頁面和電腦螢幕。她有多篇報導深入挖掘動物盜獵的黑暗世界。發揮文字的力量，教育大眾各種相關知識，從外來種動物貿易的有害影響，到盜獵動物供應傳統中藥材的致命副作用，其中不乏國家公園巡守員為拯救動物與牠們的棲地而賠上性命。她調查黑市的非法交易，狼蛛、穿山甲和亞洲黑熊只是其中幾種而已。不過，她也不忘報導人們對抗盜獵問題所做的努力，例如利用降落傘空投受過訓練的狗來協助嚇阻盜獵者！

EXPLORER ACADEMY

探險家學院

第五集

猛虎的巢穴

北緯 27.4920 度 ｜ 東經 89.3634 度

「克魯茲？」立體投影問。「你沒事吧？」

他驚訝得合不攏嘴。她從來沒有問過他問題。「我……呃……」

「別大驚小怪。」亞米低聲說，「八成是程式有分析你的外表或生命徵象的功能。」

克魯茲清了清發炎的喉嚨。「呃……我沒事，媽媽。」

佩特拉·柯羅納多揪著她的金色髮尾，把長馬尾拉到了胸前。「我很抱歉，這次的挑戰這麼困難。但我必須百分之百確保只有你能進入尖塔下的石室。」

「我成功了，我進去又安然無恙地出來了。」克魯茲說著轉了一圈向媽媽證明。

他媽媽的目光穿越他，看著某個只有她看得見的東西。「我知道我很急，但我必須動作快，才來得及錄完日記裡的內容。」

來得及。這三個字令克魯茲打了個寒顫。他第一次聽她承認涅布拉正步步進逼。

以前她都是說，**如果你找到了**……

如果我不在了……

現在她的說法似乎變成**遲早**會發生。

等你找到了……

等我不在了……

他覺得深受打擊。他媽媽知道會發生什麼事，她早就知道了。

「……也許我要求太多了。」她仍繼續說著。

克魯茲只顧著想，沒聽到她的前半句話。太多什麼？對他嗎？

「我原本認為我的細胞再生配方最要緊，為了確保配方安全，冒再大的險都不過分。」

他媽媽雙手交抱在胸前，彷彿站在凜冽的寒風之中。「可是我錯了。克魯茲，哪怕是不小心的，我也根本不該把你牽扯進來。之前不應該，現在更不應該。」她仰起頭，「我改變不了過去，但我可以影響未來。」

第五集即將出版，敬請期待！

謝誌

鼓勵是寫作者賴以為生的空氣。多虧那些在作者默默與靈感搏鬥時，溫柔慷慨給予支持的人，我們才得以暢快呼吸。我以下列舉的都是這方面的專家，他們每一個人都令我心中充滿喜悅。謝謝我的經紀人Rosemary Stimola用機智逗我發笑，用智慧引領我前進。也感謝在國家地理學會始終為我指引方向的團隊：Becky Baines、Jennifer Rees、Jennifer Emmett、Eva Absher-Schantz、Scott Plumbe、Lisa Bosley、Gareth Moore、Ruth Chamblee、Catlin Holbrook、Ann Day、Holly Saunders、Kelly Forsythe、Bill O' Donnell、Laurie Hembree、Emily Evehart、Marfe Delano、Karen Wadsworth、Tracey Mason Daniels，以及每一個盡心盡力讓《探險家學院》問世的人。特別謝謝國家地理學會探險者Gemina Garland-Lewis，這位傑出的女性是我新書巡迴發表會的好搭檔，書中對大猩猩做的研究也得她相助。我很幸運能身在像SCBWI西華盛頓這麼積極有活力的寫作社團。謝謝你們，Lisa Owens、Suzanne Williams、Deb Lund、Janet Lee Carey、Dori Hillestad Butler、Dia Calhoun、Dana Sullivan、Laurie Thompson、Patrick Jennings、Dori Jones Yang、Martha Brockenbrough，以及所有OAV的寫作朋友。我也很幸運有這麼多堅強美麗的女性做榜樣：Debbie Thoma、Amber Kizer、Bonnie Jackson、Sherry Bells、JoAnne Warner和Karyn Choo。由衷感激Marie-Reine Cressatti和Noor Alibay這兩位摯友各自用她們美麗的母語協助我。最後謝謝我的爸媽和家人，特別是我先生比爾。他是我的空氣，我的生命。

封面繪圖：Antonio Javier Caparol；內頁圖片除以下標示者外，皆為Scott Plumbe繪製；所有地圖均由國家地理地圖團隊製作。

14-15, Vincent J. Musi/National Geographic Image Collection; 46, Positive Snapshot/Shutterstock; 75, Ivoha/Alamy Stock Photo; 92, WorldFoto/Alamy Stock Photo; 92-93, WorldFoto/Alamy Stock Photo; 98-99, David Cayless/Photolibrary RM/Getty Images; 138, Piyathep/Dreamstime; 150, John Warburton-Lee Photography/Alamy Stock Photo; 156, ub-foto/Shutterstock; 161, Richard du Toit/Gallo Images/Getty Images; 189, Frans Lanting/National Geographic Image Collection; 210, Piotr Naskrecki, Ph.D.; 211 (BOTH), Vincent van der Merwe; 212, Allison Shelley for Wild Earth Allies; 213 (UP), Jo-Anne McArthur/UNBOUND Project; 213 (CTR), CTPH-Conservation Through Public Health; 213 (LO), Rebecca Hale/NGP Staff